丸の内で就職したら、幽霊物件担当でした。15

竹村優希

角川文庫
23994

C o n t e n t s

丸の内で
就職したら、
幽霊物件
担当でした。

吉原不動産

東京・丸の内に本社がある、財閥系不動産会社。
オフィスビル、商業施設の建設・運用から
一般向け賃貸まで、扱うジャンルは多岐にわたる。

新垣 澪

幽霊が視え、引き寄せやすい体質。
鈍感力が高く、根性もある。
第六リサーチで次郎の下で働く。

長崎次郎

吉原グループの御曹司。
現在は第六リサーチの副社長。
頭脳明晰で辛辣だが、
優しいところも。

株式会社第六リサーチ

丸の内のはずれにある吉原不動産の子会社。
第六物件管理部が請け負っていた、
「訳アリ物件」の調査を主たる業務としている。

マメ

幽霊犬。飼い主を慕い成仏出来ずにいたが、澪に救われ、懐く。

溝口　晃（みぞぐち　こう）

超優秀なSE。本社と第六リサーチの仕事を兼務している。霊感ゼロの心霊マニア。

高木正文（たかぎ　まさふみ）

本社の第一物件管理部主任。次郎の幼なじみ。容姿端麗、紳士的なエリートで霊感が強いが、幽霊は苦手。

伊原　充（いはら　みつる）

第六リサーチに案件を持ち込んでくる軽いノリの謎多きエージェント。

リアム・ウェズリー

英国の世界的ホテルチェーンの御曹司。完璧な美貌のスーパーセレブだが少々変わり者。第六リサーチにときどき出入りしている。

イラスト/カズアキ

「本当に、来てしまった……」

イギリスのロンドン・ヒースロー空港に到着した澪がぽつりと口にしたのは、弱々しいひとり言。

イギリスといえば、リアムから様々な話を聞いていた影響で一度は訪れてみたいと思っていた、澪にとっての憧れの国でもある。

しかし、広いターミナルに呆然と立ち、目の前を行き交う様々な人種の人々を眺めながら込み上げてきたのは、高揚感ではなく心細さだった。

すべての発端は、「長期休みを取れ」という、次郎からの提案。

仕事で無茶ばかり買って出る澪を慮った上のことだとわかってはいたけれど、次郎の言い方には、強制とでも言わんばかりの圧があった。

休みを取って旅行にでも行けと、首を縦に振らないなら勝手に行き先を決めるとまで言われ、リアルに行き先を考えたとき、真っ先に思いついた国こそが、まさにここ、イギリス。

そういう経緯があり、澪はここでしばらく仕事を忘れ、溜まっていた有給を使って飽きるまで観光を楽しむつもりだった。――しかし。

「まる二日、一人っきりか……」

呟き(つぶや)の通り、今回純粋な一人旅として過ごすのは、今日を入れて二日間のみ。

というのは、リアムからイギリスの物件調査という想定外の依頼が入ったことで、計画は大きく変わった。

つまり、明後日(あさって)の朝にはここで次郎や晃(こう)と合流し、第六として仕事をする予定になっている。

いわば、第六初の、海外出張だ。

普通なら苦情のひとつも言うべき展開なのだろうが、空港に降り立つやいなや心細さを感じていた澪にとっては、正直、たった二日すら長く感じられた。

「こんな調子だから、晃くんからワーカーホリックだなんて言われるんだよね……」

澪は早くも癖になりつつあるひとり言を零(こぼ)し、成田(なりた)空港で間に合わせに買ったイギリスのガイド本を開く。

それによれば、空港から予約したホテル最寄りのパディントン駅まで、ヒースロー・エクスプレスという特急電車がもっとも早く便利とあった。

ひとつ懸念があるとすれば、一般席で20ポンドを超える割高な料金だが、「もっとも早く便利」という魅力的な情報を知ってしまった以上、旅慣れしていない澪に他の手段を検討する程の余裕はなかった。

「別にいっか。飛行機代も出張費で落とせることになったし」

澪は自分にそう言い聞かせ、ひとまず案内板に従い、地下にあるらしいヒースロー・セントラル駅へと向かう。

しかし不安が伝わったのか、足元にふわりとマメが現れ、なにか言いたげな表情で澪を見上げた。

「大丈夫だよ、迷子になんてならないから……多分。それより、マメはキャリーバッグの上に乗ってて。あと、今日明日はできるだけ消えないで、ずっと傍にいてね」

そう言うと、マメは素直にキャリーバッグの上に跳び乗り、ふわりと尻尾を振る。

日本なら、ひとり言を不審がられないよう、街中ではあまり出てこないようにと言い聞かせているけれど、今回ばかりはそうも言っていられなかった。

やがて改札階まで下りると、澪はこわごわチケット券売機の列に並び、憂鬱さの滲む溜め息をつく。

思えば、半ば強制的に決まった旅行とはいえ、到着するまでは、それこそノリでガイド本を買うくらいには楽しみにしていた。

ロンドンの街を一人で散策するなんて大人の女性の嗜みであると、妄想に酔ったこともあった。

ただ、実際は、まだ空港から出てもいないというのに、まったく収まる気配のない緊張と、いつもより速い鼓動を持て余し、明らかに挙動不審になっている。

そのもっとも大きな要因として、澪は壊滅的な程に英語が苦手だった。

もちろん券売機をはじめデジタル機器には日本語ガイドがあるが、いくら世の中のIT技術が発達したとはいえ、会話を避けて過ごすことはできない。

たとえば、誰かに道を尋ねなければならない状況になったとき、もちろん携帯を駆使すれば英語で質問するくらいはできるけれど、返答を正しく聞き取れる自信は正直皆無だった。

考えれば考える程に不安が込み上げ、額にじわりと嫌な汗が滲む。しかし、そのときふと、出発前に伊原が貸してくれた翻訳機の存在を思い出した。

それは、日本語以外を話せない癖に様々な国を渡り歩いた伊原が、「これさえあれば言語習得の必要などない」と明言する程に信頼を寄せていた代物。

聞けば、携帯の翻訳アプリとは到底比較にならないくらいの精度と処理速度を誇るらしい。

普段なら、伊原の言葉を素直に信じるのは危険だが、語学力が澪と同等の伊原が実際に使用していたとなると、疑う余地はなかった。

澪は早速バッグから翻訳機を取り出し、電源を入れる。

しかし、設定がヒンディー語になっている上に説明書がなく、必死に設定画面を探しているうちに券売機の順番がきてしまった。

澪は後ろに並ぶ人の大きな咳払いに急かされ、慌てて画面に視線を向ける。

「落ち着け、私……。翻訳機は一旦置いておいて、まずはチケットを……」

澪はひとまず翻訳機をバッグのポケットに仕舞い、券売機のディスプレイ上に日本語ガイドボタンを探した。

しかし、背後からの圧に動揺してなかなか見つからず、ふたたびわざとらしい咳払いが響く。

「そ、そんなに急かさなくても……！」

日本語が通じないのをいいことに文句を言ったものの、ニュアンスだけ伝わってしまったのか、今度はさも不満げな呟きが響いた。

澪はすっかり萎縮し、もういっそ列から抜けてしまおうかとキャリーバッグの取っ手を摑む。——そのとき。

「Are you in need of help?」

突如、一人の男性が澪の横で足を止め、そう声をかけてきた。

声のトーンはとても優しく、さしずめ、明らかに困り果てているアジア人を見て哀れに思ったのだろうと澪は察する。

ただ、混乱している上に翻訳機の設定を済ませていない澪には、もはやキャパオーバーの事態だった。

「だ、大丈夫です！　お構いなく！　ありがとうございます！」

結果、澪は澱みなく日本語でそう言うと、券売機から離れ、キャリーバッグを引いて男の横をすり抜ける。

しかし。

「待って、ミオ！」

ふいに名を呼ばれ、ドキンと心臓が鳴った。

「え……？」

頭は真っ白だったけれど、ゆっくりと視線を向けながら、澪は察する。自分は、この声をよく知っていると。――そして。

「嘘でしょ……」

間もなく澪の視界に入ったのは、満面の笑みを浮かべるリアムの姿だった。

「やあ。ずいぶん可愛いらしい子がいると思ったら、やっぱりミオだった」

「…………」

「英語で声をかけちゃったから、きっと戸惑ったよね。こっちにいると、日本語を使わないものだから、つい」

「…………」

「平気？　とにかく、一旦座ろう。ミオ、おいで」

驚きでなにも言えなくなってしまった澪を他所に、リアムは澪の手とキャリーバッグを引いてベンチへと向かう。

誘導されるままその後に続きながら、澪は、なんてスマートなエスコートだろうと、これぞ英国紳士のなせる業であると、密かに感心していた。

ようやく落ち着きを取り戻したのは、ベンチに座り、リアムが買ってきてくれたホットコーヒーをひと口飲んだときのこと。

ただ、それと同時に澪が思い出していたのは、イギリス旅行の計画が出た瞬間から次郎がリアムに何度も言っていた、絶対に同行するなという念押しだった。

思えば、次郎はリアムが澪をイギリスの心霊物件に連れ回すのではないかと、しつこいくらいに心配していた。

もちろん、ただでさえ旅行に充てる日程が減ったのだから、せめて二日くらいは仕事を完全に忘れさせてやろうという思いもあるのだろう。

しかし、こうして今、目の前にリアムがいるということは、次郎の厳命は無視されたらしい。

ただ、想定していた以上に困り果てていた澪に苦言を呈する気など微塵もなく、心の中では、知った顔に会えた安心感と、いきなり迷惑をかけてしまった申し訳なさがせめぎ合っていた。

「まさか会えると思っていなかったので、私はすごくほっとしましたけど……。リアムはきっと、私を心配してここで待っててくれたんですよね？　次郎さんから怒られちゃうんじゃ……」

心配になってそう言うと、リアムは屈託のない笑みを浮かべる。

「ううん、会えたのは偶然だよ」

「いやいや、さすがにそんなわけ……」

「本当だって。ロンドンには父がいて、ちょうど呼ばれていたから、今回の依頼が始まる前に会っておこうかなってね。で、ついでにロンドン観光でもしようかと」

「ロンドン観光？　リアムがですか……？」

「おかしい？」

「おかしいとまでは言いませんけど……、でも、リアムにとってロンドンは馴染(なじ)みのある街でしょう？」

澪は以前、リアムから、生まれ育ったライの街でセカンダリースクールを卒業した後に父親からロンドンに連れ戻されたという話を聞いたことがあった。

リアムがロンドンよりライの街を愛していることは知っているが、十五、六歳からロンドンに住んでいたのなら、観光という言い方は少し違和感がある。

しかし、リアムは首を横に振った。

「それが、実は僕、ロンドンをゆっくり回ったことがあまりないんだ。学生の頃は学校と父の手伝いでずっと忙しかったし、仕事を始めてからはさらに時間がなくて。たまの休日は、街に出るより自然と触れ合いたかったからね」

「それは、いかにもリアムらしいですけど」

「でしょ？　っていうわけでミオ、せっかく偶然会えたわけだし、これから僕の観光に付き合ってよ」

「リアム、そのセリフはむしろ私の……」

「さあ、行こう！」

「ちょっ……」

返事を待つことなく、颯爽と立ち上がってキャリーバッグを引くリアムを、澪は慌てて追いかける。

ただ、戸惑いながらも、さすがに気付いていた。

リアムは最初から、英語が苦手な澪がイギリスで困ることを想定し、偶然を装って現れ、エスコートしてくれるつもりだったのだと。

なによりロンドンからヒースロー空港は少し離れているし、リアムがたまたまロンドンに滞在していたとしても、フラッと訪れる理由などない。

その上、あくまで自分の観光に付き合わせるという体を貫くあたり、いかにもリアムらしい気遣いだと澪は思った。

「でも、本当に次郎さんに怒られますよ……？」

「怒られないさ、だって偶然だもの。むしろ、せっかく会えたのにこのまま別れる方がよっぽど不自然だ」

「さっきから偶然偶然って言ってますけど、さすがに無理が……」

「もちろん、ミオが一人で観光したいっていうなら、僕は引き下がるつもりだけど」

「…………」

「……それは、私だって、リアムがいてくれたら助か——」

「じゃあ決まり！」

最後まで言い終えないうちにリアムは満面の笑みを浮かべ、改札とは反対に向かって歩きはじめる。

なんとなく察してはいたが、ヒースロー・エクスプレスには乗らないらしい。

リアムは上へ向かうエスカレーターに乗って地上階まで行き、それから空港の出口を出ると車のドロップオフエリアで一旦足を止め、携帯を操作した。

「ミオ、少し待ってね。すぐに来ると思うから」

「来る？」

「うん。……ほら」

リアムが指差した方向に視線を向けると、ゆっくりと近付いてきたのは、ロールスロイス。

それはパールのように美しく気高い輝きを放ちながら、やがてリアムの前でぴたりと止まった。

その異様なまでの存在感に圧倒され、澪は思わず硬直する。

「あの、まさかと思いますが……、この車……」

「僕がイギリスに帰ったときに使ってる車だよ。ミオは初のロンドンだって聞いてたから、ひと通り有名な場所を巡ってもらうようあらかじめ運転手に伝えてあるけど、もし行きたいところがあるならリクエストしてね。ちなみに、運転手は日系イギリス人だから、日本語が通じるよ」

「そ、そんな、私の語学力のことまで考えていただいて……」

「どうせならリラックスしてほしいし、ただのお節介でやってることだから、気にしないで」

　至れり尽くせりな気遣いはありがたい限りだが、コースをあらかじめ伝えているとか、わざわざ日系イギリス人の運転手を手配してくれた時点で、「偶然」という設定は崩壊していた。

　とはいえ、澪を全力で歓迎してくれている気持ちは十分すぎる程伝わってきて、野暮な突っ込みをする気にはならなかった。

　ならばこの厚意に甘えようと、澪はリアムに深々と頭を下げる。

「よろしくお願いします……！」

「あまり構えないで。さあ、出かけよう」

「は、はい！」

　頷くと、車からスーツを纏った五十代くらいの運転手が降りてきて澪に一礼し、うやうやしく後部シートのドアを開けた。

　ドラマでしか見たことのない光景に萎縮する澪に、運転手は柔らかく微笑む。

「私はウェズリー家に仕え、主に運転手をしております、ケンゴ・タカムラと申します。本日は、なんなりとお申し付けください」

「よ、よろしくお願いします、新垣澪です……。澪で大丈夫です。リアムもそう呼ぶので」

「了解いたしました、澪様。では、どうぞお乗りください」

「さ、様……！」

「ミオ、乗って。なんだか、人が多くなってきたから」

「えっ……？　あ……」

そう言われて周囲に視線を向けると、リアムの車にはいつの間にか人々の視線が集中していた。

その途端に思い出したのは、リアムの素性と華々しい経歴。

気さくな人柄のせいですっかり忘れていたけれど、リアムはウェズリー家の御曹司である上にモデルとしてパリコレにまで出たことがあり、とくにイギリスではその存在を広く知られている。

そんな有名人がロールスロイスで空港に現れ、しかもなんの変哲もない日本人をエスコートしているとなれば、注目を浴びるのは当然だった。

澪は慌てて車に乗り込み、いたたまれない気持ちで顔を伏せる。

すると、隣に乗り込んできたリアムが可笑しそうに笑った。

「平気だよ、外からは見えないから」

「それにしても、目立ちますね……」

「うーん。黒い車にしておけばよかったかな」

「問題はそこではないと……」

戸惑いのせいか、リアムへの突っ込みも語尾が弱々しく細る。

すると、タカムラがルームミラー越しに澪に視線を向けた。

「では澪様、出発いたします」

「は、はい！……あの、様はやめていただけると……」

「かしこまりました。では、お嬢様、出発いたします」

「それも違います。多分一番違います」

横から前から次々と飛んでくるおかしな言葉に混乱しながら、まるでリアムが二人いるようだと澪は思う。

ただ、タカムラの笑みはとても柔らかく、見ていると自然に緊張が緩んでいくような、不思議な心地がした。

「あの、タカムラさん……、私のことは、せめてさん付けくらいにしていただけると……」

控えめに言った澪に、タカムラはゆっくりと瞬きをする。

「かしこまりました。では、澪さん。ひとまずロンドンの中心部へ向かいますが、途中で気になった場所がありましたらお申し付けください」

「ありがとう、ございます……」

ほっと息をつくと、リアムがすかさず澪にシャンパングラスを手渡し、飲み物を注いだ。

「リ、リアム、私、お酒は……」

「お酒じゃなくて、エルダーフラワーのコーディアルだよ。香りで緊張が解けると思うから、よかったら」

「……こーでぃある？」

「ハーブやフルーツの香りを移した飲み物だよ。よかったら飲んでみて」

「な、なんだかお洒落ですね……」

説明を聞いてもなおピンとこなかったけれど、試しにひと口飲んでみると、途端に甘く爽やかな香りがふわりと鼻を抜ける。

一気に気持ちが落ち着き、澪は思わず目を見開いた。

「おいしい……！」

「よかった！　実はそれ、ケンゴの自家製なんだよ。彼の家には広い庭があって、その一角でエルダーフラワーを育てているんだ」

「タカムラさんの？　すごいですね！　それに、庭でお花を育てているなんて、リアムと気が合いそう」

「わかる？　うちに関わる人間の中では数少ない、心を許せる相手なんだ」

「そうなんですね……」

数少ないという言い方には少し引っかかったけれど、リアムが家庭で様々な苦労があったことを少し知っているだけに、あえて掘り下げようとは思わなかった。

そのとき、会話を聞いていたタカムラが、嬉しそうに笑い声を零す。

「リアム様には、昔からよくしていただきました。学生の頃はよくうちに遊びに来てくださいましたし、当時はまだ寂しかった庭に、たくさんの花を贈ってくださいました」

「そんなことが……」

「ええ。妻もリアム様がいらっしゃるのを心待ちにしておりました。……もちろん、今も」

そう言うタカムラに、リアムは小さく肩をすくめた。

「そういえば、最近はずっと日本にいたから、全然顔を出してなかったね。近々寄るって伝えておいて」

「催促してしまったようで、申し訳ありません」

「いいよ、僕だって会いたいから」

二人の会話からは、長い付き合いと強い信頼関係が伝わってきた。

運転手と聞いたときは、いかにもセレブなイメージに恐縮してしまったけれど、気やすいやり取りはまるで家族のようで、なんだか微笑ましい。

同時に、リアムにとって居心地の悪かったロンドンにもそういう相手がいたのだと思うと、嬉しくもあった。

「あの……、もしかして、タカムラさんがリアムの日本語の先生だったりします？　お二人はすごく仲がいいですし、リアムの日本語ってすごく自然だから」

ふと思いついて尋ねると、タカムラは少し驚いた表情を浮かべ、首を横に振る。

「そんな、畏れ多い。リアム様はもともと日本のエンターテインメントに強く興味をお持ちでしたし、独学であっという間に習得され、私がお教えするまでもありませんでした」

「そうなんですね。すごい……」

「ええ、本当に。それに、実は私は日本を訪れたことがなく、日本語は両親仕込みの偏ったものです。おそらく多くの誤用や誤認識があるでしょうし、本場で通じるかどうか……」

「いや……、正直、日本人と比べても上手な方だと思いますけど……」

「ご冗談を」

お世辞を言ったつもりはなかったけれど、タカムラはあくまで低姿勢に澪の言葉に謙遜する。

そういう面も含めていかにも日本的だと思いながら、内心、「ご冗談を」なんて言葉をどんなタイミングで覚えたのだろうと密かに感心していた。

そんな中、リアムが澪の肩をとんと叩き、窓の外を指差す。

「ミオ、もう少しでウエストミンスター宮殿だよ」

「ウエストミンスター宮殿？　どこかで聞いたような……って、もしかして、あの有名なビッグ・ベンがあるところですか……？」

「そう。ちょうどビッグ・ベンの時計塔の修復工事が終わったところだし、車を止めて近くで見てみるかい？」

「いいんですか……？」

ビッグ・ベンといえば、まさにロンドンの象徴のような存在であり、多くのイギリスのガイド本の表紙を飾っている。

海外に疎い澪ですら、ロンドンを想像すると真っ先に頭に思い浮かべるのが、ウエストミンスター橋越しに見る時計塔の風景。

あれを肉眼で見られるのかと思うと、気持ちが一気に高揚した。

おそらく、そんな感情がすべて表情に出ていたのだろう、リアムが満足そうに笑う。

「そんなに新鮮な反応をしてもらえると、案内し甲斐があるなぁ。なら、その後はバッキンガム宮殿に行ってみる？　あと、テムズ川のタワー・ブリッジとか、どう？」

「バッキンガム宮殿にテムズ川……！　そ、そんな、聞いたことある場所ばっかり……！」

「どこもそんなに離れていないし、車ならすぐだよ。あと、明日はショッピングなんてどうかな。ハロッズとか、……そうだ、メリルボーンの辺りは面白い店がたくさんあるし、あとは……、ホームズの舞台になったベイカーストリートは興味ある？」

「す、すごい、素敵！……っていうか、明日……？」

「うん。明日も付き合ってくれるでしょ？」

ふと我に返った澪を他所に、リアムはさも当たり前のようにそう言う。

とはいえ、さすがにそこまで甘えてしまうのは気が引け、澪は首を横に振った。

「そんな、いつまでもリアムを拘束できませんし、今日だけで十分ですよ……、これ以上よくしてもらうと、どうやってお返ししたらいいか……」

「なに言ってるの、付き合ってもらってるのはこっちなのに」

「いや、その設定は一旦抜きにしてください……！　さすがにこれ以上は乗っかれません！」

必死に訴えかけると、リアムはようやく観念したように小さく頷く。しかし。

「だったら、ミオの言う通り建前の設定はやめにして、僕に、正式にエスコートさせてくれないかな」

「ちょっ……、だから……！」

引き下がるどころかむしろ直球が飛んできて、澪は思わず動揺した。

「僕はただ、大切な友人に母国を好きになってもらいたいだけなんだ。少なくとも、知らない土地で一人で震えてるような思い出を、ほんの一瞬たりとも心に刻んでほしくない」

「………」

その言葉で思い出したのは、ヒースロー・エクスプレスの券売機前でのこと。

あのときは言葉の通じない不安と後ろからの圧で、なかばパニック状態だった。

もしあのままの心理状態で一人観光を続けていたなら、早い段階で心が折れていたかもしれないし、最悪の場合はホテルに籠りっきりで過ごした可能性すらある。

おそらくリアムはあの再会の瞬間に、そんな澪の心情をすべて察していたのだろう。

そう考えると、いつになく強引だったあのときの様子にも納得がいった。

「……甘えても、いいんでしょうか」

いい大人がこうも過保護に扱われて情けないと思いつつ、澪は控えめにそう言う。

すると、リアムは眩しい程の笑みを浮かべ、大きく頷いてみせた。

「もちろん！　これで、堂々とエスコートできるよ！」

「ありがとうございます……。ただ、私にあまり手厚い待遇は必要ありませんからね……？　嬉しいけど、緊張しちゃうし……」

「わかってるよ。そういうとこ、本当にミオらしいよね。じゃあ早速だけど、どこのホテルを予約したか聞いてもいい？」

「え、ホテルですか？　確かパディントン駅から徒歩二分の、なんとかパークホテル、みたいな名前だったような……。とにかくすごく安いところでしたけど、ちょっと携帯で調べますね」

「いや、いいよ、もうわかった。その予約、ウェズリーホテルにチェンジしていい？」

「ウェズ……え？」

「大丈夫、こっちで全部手配するから」

「あの……？」

「そういうわけで、一旦荷物を置きに行こうか」

「ちょっ……、待っ……」

「ケンゴ、車をウェズリーホテルに」

「承知いたしました」

「リアム……！　私、ウェズリーホテルに泊まるお金なんて……！」

「そんなの、払わせるわけないじゃない」

「そ、そういうわけには……！」

「僕のエスコート、受けてくれるんでしょう？」

「…………」

ファッション誌の表紙のような鮮やかな笑顔を眺めながら、澪は眩暈を覚える。

それも無理はなく、ウェズリーホテルといえば、リアムの父親が経営するイギリス屈指の最高級ホテルだ。

一番安い部屋でも、澪があらかじめ予約していたホテルの十倍は下らないだろう。

どんどん話を進めていくリアムを前に、澪は、さっきの「わかってるよ」はなんだったのだと、一ミリもわかっていないではないかと、ぼんやりと思う。

とはいえ、張り切りはじめてしまったリアムを止める隙など、もう一片もなかった。

澪は抵抗を諦め、シートにぐったりと背中を預ける。

そして、こうなればもう、一生に一度あるかないかの非現実的な時間を満喫するしかないと、なかば無理やり自分を納得させた。


イギリス滞在二日目の、十一時過ぎ。

当然のようにホテルにまで迎えに来てくれたリアムがブランチにと連れて行ってくれたのは、ロンドンブリッジ駅最寄りの「ブレックファスト・クラブ」というレストランだった。

聞けば、そこでは英国式のフル・ブレックファストが食べられるとのことで、わざわざ観光客に人気の店を調べてくれたらしい。

ちなみにフル・ブレックファストとは、ひと皿に盛られたベーコンエッグやソーセージやベイクドビーンズなどを、トーストや紅茶と一緒に食べる、イギリスの伝統的な朝食。

かなりのボリュームだが、それぞれの料理の味は日本人にも馴染みのあるものが多く、澪はカリッと焼かれたトーストを、リアムに倣ってフォークとナイフで食べながら、ほっと息をついた。

「おいしい……」

「よかった。昨日はよく眠れたかい？」

「も、もちろんです」

動揺してしまった理由は、言うまでもない。

リアムが用意してくれたウェズリーホテルの部屋は、ベッドルーム二つに広いリビングとバルコニーまでが付いた、豪華なスイートルームだったからだ。

ベッドのマットレスはまるで無重力かと思う程に心地よく、これは夢なのか現実なのかと考えているうちに、いつの間にか眠っていた。

最初こそ、こんな部屋では興奮して眠れるはずがないと思っていたけれど、ベッドのリラックス効果はそれをはるかに凌駕し、今となってはなかば暴力的に意識を奪われたような感覚すらある。

あまり考えたくはないが、一泊百万はくだらないだろう。

思い返せば、昨晩の夕食も「ミオが身構えないようカジュアルな店だよ」という前置きのもとに連れて行ってくれたのが、澪ですら名前を聞いたことがあるレベルの高級店だった。

これがカジュアルならばフォーマルの概念はどうなっているのだろうと途方に暮れたけれど、広い個室に通され、「マナーなんて無視でいいから、自由にね」と言われながら食べた料理は、どれも文句なしに美味しかった。

一人で観光していたなら、まず間違いなくあんな店には入れないし、そもそも思い付きもしない。

それくらい貴重な体験をさせてくれたリアムには、本当に感謝しかなかった。

しかし、今もなお分不相応感と申し訳なさが拭いきれず、昨日心に決めた「非現実的な時間を満喫するしかない」という開き直りは早くも勢いを失っていた。

「あの……、本当に、いいんですか？　こんなによくしてもらって……」

もう何度も口にしてきた質問をふたたび投げかけると、リアムは屈託のない笑みを浮かべて頷く。

その表情から、とにかく喜ばせたいという溢れんばかりの気持ちが伝わってきて、澪はそれ以上なにも言えないまま、結局苦笑いを返した。

しかし、そのとき。

「もしかして、僕はミオを困らせてるのかな」

ふいにリアムがフォークを置き、そう呟く。

その、どこか不安げに揺れる瞳を見た瞬間、心臓がドクンと揺れた。

「ち、違います！　嬉しいです！　すごく……！　た、ただ、私にとっては経験のないことばかりだから圧倒されていて、あと、なにもかもリアム任せにしちゃってる申し訳なさとか、つい、いろいろなことを考えちゃって……！」

慌てて弁解しながら、心から歓迎してくれているリアムにあんな顔をさせてしまうなんて最悪だと、強い後悔に苛まれた。

一方、リアムは小さく笑い、さらに言葉を続ける。

「そんなに慌てないで。正直に言えば、ミオがそんなふうに考えることはわかってたんだ。ミオは気を遣うタイプだし、恐縮するんだろうなって。でも、どうしても止められなかったんだよ。だって僕、君には返しきれないくらいの恩があるから」

「ですから、ウェズリーガーデンホテルのことはお仕事ですし、恩なんて……」

「ううん、それだけじゃないよ。僕がなにより嬉しかったのは、友達になってくれたことだよ」

「リアム……」

「僕はそもそも、背後にある父親の存在があまりに大きすぎるせいか、ミオみたいに普通に接してくれる友人がイギリスにはほとんどいないんだ。なんの利害関係もなく、普通のことを話せるような相手がね」

「そうなん、ですね……」

「うん。そういう意味でも、日本は居心地がいいんだ。第六の皆はもちろん、マサフミやミツルがいつも僕を気にかけてくれるし。……日本にはずっと憧れていたけど、実際に行くってなるとやっぱり不安も多くて……。でも、いい出会いに恵まれて、僕は本当に幸せなんだよ」

「リアムでも、不安だったんですか……？」

それは、少し意外な告白だった。

リアムは出会った瞬間からなにごとにも物怖じせず、誰に対しても明るく接し、たまにおかしなことを言いだすものの、いつも全力で楽しんでいるように見えたからだ。

しかし、リアムは躊躇いなく頷く。

「もちろん。最初の頃なんて、習慣や考え方の違いで戸惑うことも多かったしね。日本語だってそうだよ。十分に勉強して行ったつもりだったけど、思うように伝わらないことがしょっちゅうあったし、しばらくは結構悩んでたなぁ」

「全然、気付きませんでした……」

「まあ、伝わらないなりに強引に突き進むのも、それはそれで冒険してるみたいで楽しかったけどね。それに、長く滞在する気なら、難関を超えていく勢いが必要だと思ったし」

「思っていたよりも、ずっと大変だったんですね……」

「まあでも、ビジネス目的で行ったんだから、ある程度は覚悟してたよ。……ただ、ミオみたいに旅行で短い期間しか滞在しない場合は、難関なんてひとつもなくていいと僕は思ってる。なんの不自由も感じることなく、日本にいるときみたいにのびのびと過ごしてほしいなって思ってるし。……だから、つい張り切っちゃったんだ。ごめんね」

「そんな……！」

　リアムが本音を話してくれたお陰か、そのときの澪は、ずっと心の中にあった葛藤(かっとう)がじわじわと溶けていくような感覚を覚えていた。

　おそらく、これ以上ないくらいの手厚い歓迎に対し、少しだけ納得できる理由を知れたからだろうと澪は思う。

「あの……、リアム」

「うん？」

「なにせ正真正銘の庶民なので、豪華な歓迎に慣れないっていう部分はどうにもならないんですけど、……でも、そんなふうに思ってくれてたなら、なにも考えず、ありがたく楽しんでみようかなって思って、……それで――」

「それで……？」

　澪には、リアムに謝らせてしまったことへのお詫(わ)びの方法が、ひとつしか思いつかなかった。

　リアムは続きを促すように、ゆっくりと瞬(まばた)きをする。

「それで、……早速なんですけど、私、本場のアフタヌーンティを経験してみたくて。……その、よかったら、あとで連れて行ってもらえないかな、と」

　遠慮がちに言い終えると、リアムは大きく目を見開いた。

「もちろん……！　そんなの、いくらでも叶(かな)えるよ……！」

　厚意に甘え、ひとつわがままを言ってみようと決めた澪が思いついたのは、酷(ひど)くベタなおねだり。

それでも、嬉しそうに笑うリアムを見ていると、言ってよかったと思わずにいられなかった。

リアムはすっかりご機嫌な様子で、トーストを口に運ぶ。

「アフタヌーンティかぁ。せっかくだから、ミオの好きなアップルクランブルが美味しいお店を探してみようかな」

「それもいいですけど……、でも、アップルクランブルはリアムのおばあちゃんのレシピ以上のものはないでしょうし、別のものにしません？」

「……確かに、ミオの言う通りだ」

顔を見合わせて笑うと、チラホラと周囲の客の視線が集まる。

リアムはその見た目からどこにいても目を引くけれど、そのとき浮かべていた笑みはどこか子供っぽく無邪気で、普段のリアムを見慣れている澪ですら、思わず目を奪われてしまった。

ふたたびリアムとともにヒースロー空港を訪れたのは、イギリス滞在三日目の午前。目的は、間もなく到着する次郎と晃を出迎えるため。

ここ二日間、澪はリアムのエスコートによってロンドンをひと通り巡り、夢のような時間を過ごしてきたけれど、今日からいよいよ第六としての仕事がスタートとなる。

澪としては少し名残惜しくもあったけれど、その半面、ようやく二人と合流できることに気持ちが昂っていた。

到着口へと向かう足取りがどんどん速くなる澪を、リアムが笑う。

「今日から仕事だっていうのに、ずいぶん楽しそうだね。それじゃ、コウが心配するわけだよ」

その言葉を聞き、晃はどうやら、旅のキッカケとなった澪のワーカーホリック疑惑をリアムにまで話しているらしいと察した。

「私は別に、仕事が楽しみで喜んでるわけじゃないですよ。単純に、二人に会えるのが嬉しいってだけです」

即座に抗議したものの、リアムはなおも笑みを深める。

「そっか。それにしても、仕事仲間にそういう感情が持てるって、すごく幸せなことだと思うな。……まあ、第六の皆はもちろん、第六と深く関わってる面々も、傍から見てると驚く程仲がいいから、納得だけど」

「『傍から見てると』なんて言ってますけど、リアムだってその一員じゃないですか」

「え……？」

「とっくに」

別に喜ばせるつもりで言ったわけではなかったけれど、リアムはわかりやすく目を輝かせた。

一瞬、グローバルビジネスで名を馳せる一族であることを忘れてしまいそうになる程の素直な反応だが、それこそがまさにリアムの美点だと澪は思う。――そのとき。

「いたいた！　澪ちゃん！」

突如、聞き馴染んだ声がターミナルの中に響き渡った。

驚いて視線を彷徨わせると、すぐに、到着口の前で大きく手を振る晃が目に留まる。

その少し後ろには次郎もいて、いまにも駆け出しそうな晃の襟首を掴んでいた。

「晃くん！　次郎さん！」

澪は待ちきれず、人の流れに逆らいながら次郎たちの方へ向かう。

「お久しぶりです……！」

「全然久しくないだろ」

「長旅、お疲れさまでした」

「直行便はたいした長旅じゃない」

慣れ親しんでいるはずの素っ気ない受け答えに、澪はなんだか懐かしさとくすぐったさを覚えた。

一方、次郎は追いついてきたリアムを見るやいなや、苦々しい表情を浮かべる。

「……やっぱりリアムが一緒だったか」

その瞬間、澪は改めて、リアムが澪の旅に同行しないようしつこく念押ししていたことを思い出した。

しかし、リアムは平然と頷く。

「ジロー、そんな怖い顔しないで。僕とミオは偶然会っただけだし」

「馬鹿を言うな」

「じ、次郎さん、違うんです……、私があまりに頼りないから、見兼ねたリアムが手助けを……」

あくまで偶然という設定を貫こうとするリアムに焦り、澪が慌てて割って入ったものの、次郎は聞く耳を持たずにポケットからお札を取り出した。

「で、……どこのくだらない心霊スポットに行ったんだ」

「え？」

「どうせ、やばい場所に付き合わされたんだろ。何人憑けてきた？」

次郎はそう言って険しい表情を浮かべ、怪しい気配を探るかのように澪の周囲に目を凝らす。

　その様子を見てふいに思い至ったのは、次郎がリアムの同行を嫌がっていた最大の理由。

　つまり次郎は、リアムがこの二日間にわたり、澪をいわくつきの場所に連れ回したと思い込んでいるのだろう。

「ち、違います！　心霊スポットには行ってないです……！」

　澪は咄嗟に否定したが、次郎は疑わしげに眉を顰めた。

「嘘をつくな」

「本当です！　リアムはロンドン観光に連れて行ってくれただけです。ウェズリーホテルのめちゃくちゃ豪華な部屋まで用意してくれて、もう、なんというか、至れり尽くせりで……！」

「観光、だと？　リアムが？」

「はい！　行ったのはガイド本に載ってるような有名な場所ばかりで、怪しい気配には遭遇してないです！　まったく！　一度も！」

　よほど意外だったのだろう、次郎は訝しげな表情を崩さず、ふたたびリアムに視線を向ける。

　かたや、リアムはニコニコと満面の笑みを返した。

「ミオが話した通りだよ」

「………」

「ジローはミオに、日本のことを一切忘れて楽しんでほしかったんでしょ？　それがわかってたから、僕がしゃしゃり出るべきか少し迷ったんだけど……、でも、ミオが困ってるんじゃないかと思うとやっぱり放っておけなくて。……怒った？」

あざとく小首をかしげるリアムを見て、晃が「絶対迷ってないでしょ」と言いながら可笑しそうに笑う。

次郎もまた、呆れた様子で溜め息をついた。

「いや、……それならいい」

「信じてくれて嬉しいよ！」

「まあ、万が一澪に変な霊が憑いていたときは、リアムには第六への出入りを禁じるつもりだったが」

「それは、危ないところだった……」

リアムは、どこか演技じみた仕草で胸を撫で下ろす。

すると、そのとき。

「ねえねえ！　今からリアムのお兄さんに依頼された訳アリ物件に行くんだよね？　それって近い？　どうやって行くの？　電車？」

もう待ちきれないといった様子で、晃がリアムを急かした。

リアムは途端に表情をパッと明るくし、頷き返す。

「そうだね、そろそろ出発しないと！　今日は人数も荷物も多いし、大きい車を用意してきたから早速向かおう。ここから二時間少々かかるんだけど、平気？」

「全然オッケー！　イギリスの霊、超楽しみだわ」

「コウ、カメラは用意してきたかい？」

「当然！　第六の備品だけじゃなく私物まで持ってきちゃった。この日のために、高性能なやつ買っちゃったからさ。サーモ機能付きとかも」

「いいね……！」

互いに心霊マニアの二人には通じ合うものがあるのだろう、子供のようにはしゃぎながら空港の出口へと向かって行く。

澪はやれやれと思いながら、次郎と並んでその後を追った。――すると。

「それで、少しは気晴らしになったか」

ふいに次郎からそう問われ、澪は慌てて頷く。

「は、はい！　すごく！……まあ、正直二日ともリアムに頼りっきりで、英語なんてひと言も喋(しゃべ)ってないですし、もはや日本と変わらないくらいなんの不便もなかったんですけど……、でも、次郎さんが気にかけてくれていた通り、仕事のことは一度も考えなかったです！」

「……わざわざそんな報告しなくても、心霊スポットに行きさえしなければ、他はお前の自由だ。それに、結果的には、リアムが同行してよかったような気もする。なにせ、お前の語学力じゃ街中で遭難しかねないからな」

「さすがにしませんよ、遭難なんて……」

否定した手前、ヒースロー・エクスプレスの券売機で心が折れかけたことは、一生秘密にしていようと澪は思う。

ただ、それと同時に、普段となんら変わらない次郎との会話に、不思議なくらいに安心感を覚えている自分がいた。

イギリスへ来て以来、緊張や興奮で浮つきっぱなしだった心が、あるべき場所に落ち着いたかのような。

馴染みのない景色の中、これから初の海外での調査が始まろうとしているのに、それはとても不思議な感覚だった。

その日リアムが用意していた車は、八人乗りのレンジローバー。

SUVの代表格とも言える車だが、その外観には一切の無骨さがなく、ホワイトゴールドの上品な車体がラグジュアリーな艶を放っていた。

「ねえ澪ちゃん、本国でのリアムって、セレブ度が格段にレベルアップしてない？　日本にいるときは、おもしろセレブ枠なのに」

「晃くん……」

タカムラからの挨拶を受けた後、遠慮のない感想を零す晃を、澪は慌てて制する。

ただ、一方で、晃の感想に少なからず共感してしまっている自分がいた。

日本にいるときのリアムは、たびたび口にする浮世離れした発言や発想を、周囲から面白がられたり呆れられたりしているけれど、イギリスにいるときのリアムはすべてが堂に入っていて、突っ込みようがない。

こんな生活をしていたなら日本で浮くわけだと、むしろ、さぞかし不便を感じていたに違いないと、澪の中で、昨日リアムから聞いた来日当時の苦労話がさらにリアルさを帯びた。

かたや、当の本人はそういうことをいっさい表に出さず、今も車に荷物を積む作業を楽しそうに手伝っている。

そんな姿を見ながら、澪は改めて、リアムの人としての大きさに感心していた。

そのとき。

「ミオ、どうしたの？　もしかして、疲れが出ちゃった？」

ふと我に返ると、後部シートのドアを開けて待つリアムと目が合う。

「い、いえ、とんでもないです！　すみません、少し考え事を」

「それならいいんだけど、無理しないでね」

澪は慌てて頷き、後部シートに乗った。

やがてタカムラが車を発進させると、次郎は窓の外の風景にはいっさい目もくれず、早速パソコンを開く。

「……で、早速だが今回の依頼の詳細をくれ。ここ数日リアムと連絡が取れなかったから、情報がまったく足りてない」

そう言われてみれば、澪もまた、今回の依頼内容についてほとんど知らなかった。

むしろ、澪が現状把握しているのは、リアムのお兄さんが訳アリ物件に困っているという、酷くざっくりとしたもののみ。

てっきり、この依頼に関しては次郎とリアムとの間で打ち合わせが進んでいるのだろうと勝手に思い込んでいたけれど、次郎の不満げな口調を聞く限り、十分ではなかったらしい。

かたや、リアムはまったく悪びれることなく、次郎の苦情を軽く笑い飛ばした。

「ごめんごめん、ただ、兄のサイラスはずいぶん忙しそうで、僕もきちんと話を聞く機会があまり取れなかったんだ。電話してもすぐ別の連絡が入っちゃうし、埒があかないから早めにイギリスに入ったんだけど、結局アポが取れなくて中断しちゃうし、埒が」

「……おい、大丈夫なんだろうな、この依頼。イギリスまで来て無駄足なんてことになったら……」

「大丈夫大丈夫！　そこは心配しないで。サイラスが困ってるのは事実だから。……ともかく、全員揃ったことだし、今回の依頼の内容を整理するためにも、道中で僕が把握してる内容を順を追って話すね！」

次郎は妙に浮ついているリアムにうんざりした表情を浮かべながらも、結局は頷く。

「……わかった。頼む」

「オーケー！　じゃあ始めるけど、まず調査する物件があるのは、ブロードステアーズっていう、ロンドンから日帰りで行ける観光地だよ。海岸沿いにあって、プチリゾート気分を満喫できる小さな街なんだ」

「へー、いいね。僕らが箱根に行くような感覚？」

「うん、それに近いと思う。兄のサイラスは、そこにホテルをオープンさせる計画をしていたんだ。でも、候補地にトラブルが発生して。……まぁトラブルの元凶は、突然現れるようになった霊なんだけど」

「……いや、ちょっと待って。トラブル云々の前に、海沿いの小規模な観光地に、あのどでかいウェズリーホテルを建てる気なの？　反対運動が起こりまくってない？」

咄嗟に疑問を呈したのは、晃。

あまりに無遠慮な言い方ではあるが、その意見はもっともだった。

ウェズリーホテルはロンドンの街中ですら圧倒的な存在感を放っていたし、もし同じ規模のものが小さな街に建ってしまったら、景観も雰囲気も大きく変わりかねない。

しかし、リアムは慌てて首を横に振った。

「いや、まさか！　長閑なブロードステアーズに大きなホテルを建てるなんて言いだしたら、僕だって反対するよ。サイラスが手がけているのは、主に中小規模の観光地に展開する、景観を損なわない小さなホテル事業なんだ。すでにバースやコーンウォールにあるんだけど、どちらも元々あった邸宅を改装したもので、宿泊客もせいぜい一日十組程度なんだよ」

「……なんだ、びっくりした。でも、それだと本家に比べて収益がだいぶ低いんじゃないの？　もはや、比較にもならないくらいに。リアムの前で言うのもなんだけど、あのウェズリーグループがそんな効率悪そうなことするんだ？」

「……コウは容赦ないなぁ。まあ、これは完全に裏の事情なんだけど、お察しの通り、父はサイラスの事業にあまり良い顔をしていないんだ」

「でも、実際にやってるってことは、承認してるんでしょ？」

「一応ね。でも、今はただ泳がせてる状態っていうか――」

リアムが語りはじめたのは、ウェズリー家の次男、サイラスの事情。

リアムいわく、サイラスは貪欲な父親や長兄とはタイプが違い、そもそもあまり経営に興味を持っていなかったらしい。

ただし、これといって他にやりたいこともなかったらしく、長兄が後継者として少しずつ父親の仕事を任されていく中、文句ひとつ言わず、何年も父親のサポートのみに専念していたのだという。

まったくうだつの上がらないサイラスに父親は長らく気を揉んでいたが、そんな中、初めてサイラスから事業企画として父に打診したのが、観光地で展開する小規模なホテル事業の展開。

　その中身はウェズリーホテルのコンセプトとまるで違うものだったが、なにせようやく経営に興味を示したとあって、父親は却下せず、リアムの言葉通り泳がせているのだそうだ。

「泳がせてるっていうのはつまり、お父さんの気分次第で潰(つぶ)される可能性もあるってこと？」

「もちろん。父は経営に対して酷くドライだし、息子だからって甘い見方をするような人じゃないからね」

「でも、小規模なホテル事業を許可したのは、息子が可愛いからじゃないの？」

「まさか。さしずめ、イメージ戦略として使えそうだと踏んだだけだよ。世界中の土地を買い漁(あさ)ってるウェズリーを、侵略する外来種みたいに毛嫌いしてる人たちも少なくないから」

「……なるほど」

「つまり、使えなきゃ潰されるか事業ごと売却されるんだと思う。まぁそこに関しては、僕のウェズリーガーデンホテルも同じだけど」

「……怖すぎる世界だわ。僕なら絶対無理」

　晃の言い方はずいぶん軽いが、澪の感想も同じだった。

　会社のトップにいるような人間には、ドライな感覚やフラットな視点が必要なのだろうと頭ではわかっているものの、それらが親子の間にも等しく適用されると思うとやはり怖い。

前に世間を騒がせた、吉原家の一連の騒動のときにも感じたけれど、有名企業の家に生まれるのも相当な覚悟が必要らしいと、澪はつくづく思った。

「……で、そのブロードステアーズにある、サイラスさんがホテルをやろうと思って買った物件に、幽霊が出た……ってことで合ってる？」

晃は図らずも耳にしてしまったウェズリー家のビジネス事情にやや疲れを見せながらも、話を本筋に戻す。

しかし、リアムは曖昧な態度で小さく肩をすくめた。

「だいたいは合ってるんだけど……、実は、この話はもう少しややこしくて。っていうのは、物件はまだ購入前で、あとはサインのみっていう最終段階だったんだけど、幽霊騒ぎが起きると同時に、現オーナーが売らないって言い出したんだよ」

「ってことは、まだサイラスさんのものになってないってこと？　じゃあ、買わずに済んで逆にラッキーだったじゃん」

「いや、そう簡単にはいかないんだ。なにせ、当初は夏休みシーズン前のオープンを見越していたから、オーナー合意のもと、交渉段階ですでに庭の改装を始めちゃってたんだよ。それも、ウェズリーグループこだわりのイングリッシュガーデンを作るため、かなり大がかりに」

「……駄目じゃん」

「サイラスも焦ってたんだと思う。さっきも話した通り父の目もあるし、そもそも父の関心を引く目的で、イングリッシュガーデンを取り入れたんだと思うから。でも、このままこの話が流れちゃったら、父からの印象は最悪だよ。オープンできずに予算はマイナスだからね」

「だけど、オーナーの都合で急に売らないって言い出したなら、改装にかかったぶんを補償してもらえば……？」

「難しいと思うよ、なにせ契約が成立してないから請求しようがない。それに、万が一訴訟になんてなったら、父どころか世間からの心証も悪いし」

「確かに。客商売だしね」

「あの、……オーナーさんは、どうして売らないって言い出したんですか？」

　ふと二人のやり取りに割って入ったのは、澪。

　聞いた限り事情は確かに複雑だが、澪がなにより気になっていたのは、幽霊騒ぎと同時に売らないと言い出した現オーナーの意図だった。

　イギリスでは、幽霊が出ることを家の付加価値とまで考える人もいると聞くが、契約直前で撤回というのは、あまりに強引ではないだろうかと。

　もし付加価値云々で渋ったのなら、相手はホテル界屈指のウェズリーグループなのだから、改めて値段交渉をする方が賢明に思える。

　すると、リアムはさらに説明を続けた。

「それが、実は屋敷のオーナーが……、ちなみに、ハリー・エバンズって名の年配の男性なんだけど、……彼は、屋敷に現れた霊を、二十年前に亡くなった自分の妻、オリヴィアなんじゃないかって考えているみたいで」

「奥さんが……？」

「そう。オリヴィアが、ハリーが屋敷を売ろうとしていることに怒って出てきちゃったんじゃないかって」

「……なる、ほど」

それは、とても納得感のある事情だった。ただし、金銭の問題ならともかく感情が絡んでくると、契約を続行させるのは難しそうだと澪は思う。

すると、晃がふいに険しい表情を浮かべた。

「ねえ、まさかと思うけどさ……、サイラスさんが考えてることって、そのオリヴィアさんの霊を第六に消しとばしてもらって、なんのわだかまりもなく屋敷を手放してもらおうっていう気分の悪い計画じゃないだろうね」

ウェズリー家のドライな話を聞いたせいか、その可能性もゼロではない気がして、澪はおそるおそるリアムの様子を窺う。

しかし、リアムは慌てて首を横に振った。

「いやいや、父ならともかく、サイラスはそんな決断ができるような男じゃないよ。サイラスが引き下がれない理由としてもっとも大きいのは、屋敷に出る霊が本当にオリヴィアかどうか、確信がないっていう部分なんだ。なにせ、ハリーには霊感がまったくないから確認しようがないし、所詮は仮説の段階でしかなくて」

「じゃ、なんで霊が出るってわかったの？」

「実はその屋敷、オリヴィアが亡くなった二十前からずっと賃貸に出しているらしいんだけど、最初に霊が出るって言い出したのは、サイラスが交渉を始めた当時の入居者なんだって。彼らはそれが原因で、契約がまだ少し残っていたのに、逃げるように家を出て行っちゃったとか」

「つまりハリーさんは、屋敷を売るって決めた途端に霊が出はじめたっていう理由だけで、正体はオリヴィアさんだって思い込んじゃったの？」

「そういうこと。だからこそ、サイラスはなんとしても霊の正体を確かめたいんだよ。それで本当にオリヴィアだった場合は、納得して諦めるっていう考えもあるみたい。逆に、オリヴィアじゃなかった場合は、第六の調査結果をもとに、改めて売却の交渉をする気なんだと思う」

「……なるほど。事情はよくわかったけど、サイラスさんの今後の運命がかかってるって思うとなんか荷が重いわ」

晃がぼやいた通り、この調査の結果がサイラスの今後の事業の存続を左右するとなると、普段とはまた違う緊張感があった。

ただ、そんなに追い詰められているのなら、極端な話、霊能者を買収して嘘の結論を出させる方法だってあっただろうに、わざわざ心霊マニアのリアムに相談を持ちかけてまで真実を突き止めようとする姿勢には、誠実さが感じられた。

サイラスがそういう人柄だからこそ、リアムも協力を決めたのだろうと澪は思う。

「サイラスの事情を考えると少しやり辛いかもしれないけど……、でも、みんなはいつも通り、調査に専念してくれていいから。なにせ、霊の正体がわからないことにはなんにも進まないわけだし。それに、もし霊がオリヴィアだったとしても、彼女がなにを望んでるかによっては、解決しようがあるかもしれないでしょ……？」

リアムは三人に気を遣わせないためか、あくまで明るくそう話す。

するど、しばらく黙って聞いていた次郎が突如口を開いた。

「ちなみに、オリヴィアが屋敷を手放すことを嫌がる理由として、なにか心当たりは？」

突然の質問に、リアムはこてんと首をかしげる。

「理由……？　そんなの、単純に、オリヴィアにとって大切な場所だから、手放すのは寂しいってことじゃないの？」

一方、次郎はあっさりと首を横に振った。

「いや、映画や小説ならありがちな展開だが、現実では死んだ人間がそこまで具体的な主張をしてくることはほぼない。そもそも、実体のない霊にとって、物に意味なんかないだろ。思い入れや愛着などの曖昧な理由で不動産売買にまで口出しされたら、遺された人間は身動きが取れなくなる」

次郎の言い方はドライだが、澪は密かに納得していた。

生前の意思が反映される遺書ならともかく、亡くなった後まで意思を主張するのも、逆にされるのも、確かに不毛だと思ったからだ。

「じゃあ、もし霊の正体がオリヴィアさんだった場合は、思い入れがあるとかじゃなく、なにか重要な理由があるってことですか……？」

なんだか嫌な予感がして、躊躇いがちに尋ねた澪に、次郎は迷いなく頷く。

「おそらく。しかも、無関係な住人を怖がらせているという話が事実なら、あまりよくない理由がありそうだな」

「よくない理由……」

車内の雰囲気が、わずかに緊張を帯びた。

すると、リアムが突如、ポケットから携帯を取り出す。

「だったら、詳しい事情に関しては、ハリーから直接話を聞かせてもらえるように連絡しておくよ。彼は屋敷の近くに住んでるっていう話だし、当然、第六の調査が入ることも了承しているから」

「そうだな、頼む」

次郎は納得したのか、頷いてふたたびパソコンに目を落とした。

かたや、澪はリアムの話を聞きながら、新たな心配が浮かんでいた。

「あの、リアム、……ちなみに、ハリーさんは調査には好意的なんでしょうか」

質問の意図は、言うまでもない。霊感のない者の多くは心霊調査に懐疑的であると、経験上、わかっているからだ。

しかし、リアムはたいして考えもせずに頷く。

「大丈夫。そもそもイギリスは日本に比べて霊に対する理解や興味の深い人が多いし、心霊現象を神秘的なものだって考えてる人も多いから。たとえば身の回りでなにか不吉なことが起こったりすると、ミディアムっていう、いわゆる霊能者に相談することも珍しくないんだよ」

「そういえば、前にも言ってましたね……。イギリスでは心霊ツアーが人気で、マニアも多いとか……」

「そう、まさに僕が代表例。それに、サイラスはホテルの件でずいぶん前からハリーと丁寧にコミュニケーションを取っていたから、ある程度の信頼関係は築けているんだよ。だからこそ、『僕の弟が信頼を寄せている日本の心霊調査会社に相談してみないか』っていう提案にも、とくに怪しむことなく乗ってくれたみたい」

「なるほど……、だったら大丈夫そうですね」

「心配しないで。余計な手間はかけさせないから」

リアムはそう言って、早速電話をかけはじめる。

澪はようやく安心し、シートに背中を預けた。

「今回は海外だし、いろいろ勝手が違うから不安だったけど、そんなに霊に理解があるなら逆に日本よりもやりやすかったりして……」

　思わずひとり言を零すと、ルームミラー越しにタカムラが微笑む。

　一方、晃はどこか意味深な笑みを浮かべた。

「いいの？　そんな余裕持ってて」

「え？……どうして？」

「霊への理解って点ではやりやすいかもしれないけど、意思の疎通は大丈夫なの？　澪ちゃん、英語が壊滅的に駄目なんでしょ？　すっかり麻痺してるみたいだけど、サイラスさんやハリーさんも日本語が堪能だなんて奇跡的な展開は、まずないと思うよ」

「………」

　その言葉で思い出したのは、澪にとってもっとも頭の痛い問題。

　確かに、これまではリアムのお陰でなんの不自由もなかったけれど、これ以降はサイラスやハリーと込み入った話をすることが想定され、当然ながら、仲介役のリアムを通訳要員として使うわけにはいかない。

　しかし、その瞬間、澪は伊原から借りた翻訳機の存在を思い出した。

「そ、そう！　私には、伊原さん御用達の翻訳機があるから！」

　澪はバッグからそれを取り出すと、晃の目の前に掲げる。

　すると、晃はそれを手に取りまじまじと観察した後、ヒンディー語になっていた設定をあっという間に英語に変換し、リアムの肩を叩いた。

「ねぇリアム、なんでもいいから、ちょっと適当に英語喋ってくれない？　対日本人仕様じゃなく、ネイティブのスピードで」

「オーケー。じゃあ……、Mame was just here a second ago. Where is he now?」

「おお……、見て見て、澪ちゃん」

そう言われて翻訳機のディスプレイを覗き込むと、そこには『マメはさっきまでここにいたけれど、今どこにいるの？』と表示されていた。

晃はさらに音声翻訳の設定を追加し、翻訳機を澪に返す。

「思ったよりずっと速いし正確だし、結構高性能だよ、これ。さすが、ボディランゲージ一丁の伊原さんが頼ってただけあるわ」

「そ、そうなんだ……、使えそうでよかった……」

かろうじて言葉の問題はクリアできそうだと、澪は心底伊原に感謝した。これがなければ、調査の間、皆にどれだけの迷惑をかけることになっていたかわからないと。

かたや、リアムは残念そうに肩を落とす。

「僕は最初から、ミオにつきっきりで通訳するつもりだったんだけどな。お役御免なんて、寂しいよ」

「さ、寂しいなんて……！　気持ちは嬉しいですけど、調査中までリアムに通訳ばかりさせられませんし……！」

「どうして？　何度も言っているように、僕は恩返しがしたいだけなのに」

「リアム……！」

イギリスに来て以来何度も繰り返したやり取りがふたたびはじまり、澪は頭を抱えた。

しかし、そのとき。

「──残念ながら、お役御免じゃない」

突如二人の会話に割って入ったのは、次郎。

「お役御免じゃない？……どういうことですか？」

混乱する澪を他所(よそ)に、次郎は平然と言葉を続ける。

「リアムには調査中、澪とセットで動いてもらう」

「えっと……、それってつまり、調査に協力してもらうってことですか……？　でも、リアムにそんな危険なこと……！」

「万が一霊がなにか言葉を発した場合、さすがに翻訳機は使えないだろ」

「霊の、言葉……」

「聞き取れる人間が要る。リアムが適任だ」

「…………」

確かに、調査中に霊が口にする言葉は、問題を解決するための大きなヒントになる可能性が高い。

ぐうの音も出ず、澪はがっくりと項垂(うなだ)れ、自分の英語力の低さを悔やんだ。

晃は依然として人の悪い笑みを浮かべ、澪の肩をぽんと叩く。

「一応言っておくけど、澪ちゃんだから無理だって言ってるわけじゃないよ。イギリス英語はただでさえスラングが多いし、ネイティブが零した呟きなんて、どんなに堪能でも聞き取れる保証なんてないし。だから、リアムの協力が必須だよねって、出発前に日本で話してたんだよ」

「……フォローをありがとう」

「いや、事実だし。ってことで、リアムには協力してもらうけど、構わないよね？」

たちまち表情を明るくしたリアムの反応を見れば、返事は聞くまでもなかった。

「そんなの、断る理由がないよ。だって、ミオと行動するってことは、もっとも霊と接近できるってことでしょ？」

「そう言うと思った。……ってか、わかってると思うけど、今回は遊びじゃなくて調査だからね？」

「もちろんわかってるさ！」

口ではそう言っているが、リアムは遠足を控えた子供のようにご機嫌な様子だった。

いろいろと小さな不安が拭えないものの、車はブロードステアーズへ向かってひたすらモーターウェイを進み、カーナビの案内によれば、到着まであと四十分程。

窓の外はロンドンを出て以来ずっと長閑で、自然の多い景色を延々と眺めていると、外国にいることを忘れてしまいそうだった。

しかし、そんな風景も到着まで十分を切った頃から一気に様変わりし、車は突如、煉瓦作りの家がずらりと並ぶ、美しい街並みに差しかかる。

「すごい、素敵な街……！」

思わず声を上げると、リアムが道のさらに奥を指差した。

「この道をしばらく進めば海に突き当たるんだけど、海岸線沿いにはバイキング・ベイをはじめ、リゾート地として有名なビーチがいくつもあって、街並みが一気にカラフルになるよ。年間通していろんなお祭りをしているし、いつもすごく賑やかなんだ」

「そうなんだ……！　歴史を感じるこの辺りの雰囲気からは、あまり想像できませんね……！」

「だね。まあ僕は、この辺りのレトロな街並みの方が好きかな。近くに博物館や静かな公園があるってサイラスが言っていたし、住みやすそう」

その話を聞きながら、やはりリアムは都会よりもこういう場所を好むらしいと、澪は改めて思う。

しかし、そんな静かな街並みはあっという間に過ぎ去り、やがてリアムの話の通り周囲の建物がどんどんカラフルになったかと思うと、辺りは一気にリゾート地の様相を呈した。

通りにはテラスのあるレストランやバーが目立ち、すでに夏休みシーズンに入っているせいか、どこも賑わっている。

一方、澪たちの車は海岸線に合流する何本か手前で脇道に入り、いかにもローカルな細い道を進みはじめた。

その後間もなくしてタカムラが車を止めたのは、煉瓦作りの高い塀に囲われた、驚く程広い敷地の前。タカムラは一旦エンジンを切ると、後部シートを振り返った。

「こちらが皆さんに調査をお願いする、ハリー・エバンズさんの屋敷です。到着した旨をサイラスさんに連絡しますので、少しお待ちください」

「え……、ここ、ですか……？」

間の抜けた返事をしてしまったのも、無理はない。

澪は早くも、敷地の幅と、車から塀越しに見えた巨大な屋根に圧倒されていた。

やがて、突如正面の門が開き、中から現れた四十歳前後と思しき男性が車に近寄ってくる。

男は少しぽっちゃりしていて、どこかオドオドした様子でリアムの乗る助手席の窓を遠慮がちにノックし、ほっとしたように笑みを浮かべた。

「Liam, you got here early.」

「Cyrus! It's been a while. Relieved you look fine.」

突然始まった英語での会話に、澪は慌てて翻訳機をオンにする。――そして。

『それよりリアム、この件、お父さんや兄さんには言ってないだろうね？』

『もちろん。言ったらすべて終わりだよ』

翻訳された会話の続きを聞いて、澪は、この男こそウェズリー家次男のサイラスであると察した。

「……超意外。全然似てないじゃん」

「ちょっ……、晃くん！」

サイラスに日本語は通じないだろうとわかっていながら、澪はあまりにストレートな発言をする晃を慌てて止める。

すると、リアムが振り返り、苦笑いを浮かべた。

「後できちんと紹介するけど、彼が僕の兄のサイラスだよ。ちなみに、僕は母似で、彼は父似なんだ」

「さ、サイラスさん、よろしくお願いします……！」

混乱しながらも頭を下げた澪に、サイラスは「ヨロシク」とカタコトで言い、にっこりと笑う。

しかし、挨拶（あいさつ）もそこそこに、サイラスは周囲を気にしながら、少し手前にある大きな門を指差した。

『リアム、早速だけど、駐車スペース前の門を開けるから、先に敷地の中に車を入れてくれるかい？　この通りは狭いから、少し駐車しただけで苦情が来るんだ。ちなみに、ハリーはもう到着していて、中で待ってくれてるよ』

『わかった、ありがとう。じゃあ、車を入れてから挨拶しよう』

『頼む』

サイラスは頷くと、さっき指示した門まで走り、鉄製の大きな門を開ける。入口はかなり広いが、それでもレンジローバーではギリギリで、タカムラはサイラスの誘導によって慎重に車をバックさせた。

その様子を車内から眺めながら、晃が不思議そうに首をかしげる。

「ってか、車の誘導までサイラスさんがやってくれるの？　僕はてっきり、周りに側近みたいな人がズラッといて、全部指示するのかと」

晃の想像はかなり極端だが、正直、澪もまた、そう遠くないことを考えていた。

すると、リアムは可笑しそうに笑い声を零す。

「父のサポートをしていた頃なら、そういうこともあったかもしれないけど……、自分の事業を始めて以来、サイラスは周りにあまり人を置かなくなったんだよ。事業規模が小さいってのもあるけど、落ち着かないみたいで。運転もほとんど自分でやるしね」

「へー。勝手な想像だけど、ウェズリー三兄弟はリアムだけが特殊で、お兄さんたち二人は完全にお父さんタイプなのかと思ってたわ」

「お父さんタイプって？」

「ガッツリ世界経済回してるわけだし、いわば、人を使うことにも慣れてる人？……まぁ、サイラスさんのホテル事業の話を聞いた時点で、薄々察してはいたけど」

「確かに、サイラスは父や長兄と違って比較的穏やかなタイプだからね」

「穏やかっていうか、気が小さそうっていうか」

晃はそう言いながら、車を誘導するサイラスにチラリと視線を向ける。

そんな中、リアムは過去に思いを馳せるように少し遠い目をした。

「正直、僕も彼の性格をちゃんと知ったのは、父のもとで仕事を始めてからなんだけどね。なにせ歳が離れているし、昔は二人で会話をすることなんてなかったから」

「そういえば、リアムだけ別の場所で育ったんだっけ？」

「うん、僕は幼い頃からおばあちゃんの家に預けられていたから。ただ、サイラスはサイラスで、気の強い長兄と比べられていろいろ苦労したみたい。ああ見えて、ビジネスに関してはなかなかのセンスを持ってるんだけどね。なにせ、父親の一番近くで何年もその手腕を見てきた人だから」

「契約前に予算使っちゃったのに？」

「それを言われると……。でも、霊が出るなんて想定外のトラブルさえなければ、オープンが夏休みシーズン前に間に合って、彼は評価されるはずだったんだ」

「たられればだけど、まぁそうなんだろうね」

「ちなみに、僕はまだ手遅れじゃないと思ってる。なにせ、第六が来てくれたし」

リアムはそう言うが、車を敷地に入れながら眺めた庭の様子は、ホテルのオープンなんてとても想像できないくらいに雑然としていた。

屋敷に向かって左手側はかろうじて庭の様相を呈しているが、駐車場のある右手側はそこら中に土を掘り返した形跡があり、端には小型の重機が放置されている。

おそらく、オーナーのハリーがストップをかけたときのままなのだろう。

時が止まってしまったかのような様相に、澪はなんだか物寂しさを感じた。

「この庭って、ホテルをオープンさせるときには、いわゆるイングリッシュガーデンになってるんですよね？」

気になって尋ねると、リアムは頷く。

「そうだよ。内装云々以上に、サイラスがもっとも拘ってる部分だからね。ただ、この広さじゃ大がかりなことはできないから、右側は建物に沿って広いウッドデッキを敷いて、庭の花を眺めながら朝食を取れるような場所にしたいみたい」

「いいですね！……でも、工事が大変そう」

「まあ、基礎工事が必要になるからね。ただでさえ、庭のこっちサイドには大きな木が多いし。これでも、既に半分は別の場所に移植し終えたって言ってるけど」

その話を聞き、澪は、そこらじゅうにある土を掘り返した形跡は、元々木が植えられていた場所だったのだと察した。

ただ、庭にはまだいかにも樹齢の長そうな木が何本も残っており、中には、屋根の一部を覆う程に立派なものもある。

先は長そうだが、逆に言えば、ここまでやって引き下がれないというサイラスの気持ちも理解できた。

やがて車が駐車スペースに収まると、まず先に降りたタカムラは、澪が乗る後部シートのドアを開ける。

「お待たせいたしました。どうぞ、澪さん」

「いつもすみません……」

　恐縮する澪に続いて全員が車を降りると、タカムラは上品な笑みを浮かべ、深々と頭を下げた。

「では皆さま、成功をお祈りしております。どうぞ、お気を付けて」

「え！　タカムラさんは帰っちゃうんですか？」

　突然の別れの言葉に驚き、澪が咄嗟に尋ねると、リアムは苦笑いを浮かべて首を横に振る。

「ケンゴの所作はいちいちオーバーだから驚いただろうけど、彼は運転手だから調査には帯同しないってだけで、終わるまでサイラスが泊まってるホテルに滞在するんだ。すぐ近くだから、用があるときはいつでも呼べるけどね」

「あ、そういう……」

「さあ、ハリーが待ってるから行こう」

　納得したものの、ここ数日間、当たり前のように傍にいたタカムラがいないとなると、少し心細さがあった。

　しかし、それと同時に、いよいよ調査が始まるのだという実感が込み上げ、澪はやや緊張した足取りで正面玄関へ向かう。

そして、玄関前で待っていたサイラスと改めて挨拶を交わしていると、ふいに戸が開き、中から七十代くらいの小柄な男性が顔を出した。

事前に聞いていた特徴から察するに、おそらくこの男性がハリー・エバンズだろうと澪は思う。

ハリーは腰が曲がり杖を突いているが、皺ひとつないシャツにネクタイを締めたその姿には、いかにも英国紳士といった気品が漂っていた。

『やあ、いらっしゃい。よく来たね。私がこの屋敷の主、ハリー・エバンズです』

堂々とした佇まいに一瞬身構えたけれど、優しい声と、通訳されたくだけた挨拶に、澪の緊張がわずかに緩む。

「えっと……、ナイス、トゥー、ミーチュー、ミスターエバンズ。アイム、ミオ・シンガキ……」

晃に笑われながらも、挨拶くらいはと慣れない英語を口にすると、ハリーはさらに笑みを深めた。

『まさか、こんな可愛らしい女性がいらっしゃるとは驚いたね。ミオと呼んでも？』

『も、もちろんです！』

『そんなに緊張しないで、どうぞ気楽に。皆さんも、私のことはどうぞハリーとお呼びください』

『で、では、ハリー、……ほ、本日は、どうぞ、よろしくお願いします』

『ええ。あなた方のことはサイラスから聞いているし、堅い挨拶は抜きにしてどうぞ中へ。お茶とお菓子を用意しているから』

ハリーはそう言うと、戸を大きく開け放った。

誘導されるまま中に足を踏み入れると、まず目の前に広がったのは、二階まで吹き抜けになった大きな玄関ホール。

正面の壁には巨大な絵画が飾られ、その下にさりげなく置かれたシンプルなチェストには、映画でしか見たことがないようなラッパ形ホーンをもった蓄音機が鎮座していた。

独特の雰囲気に圧倒される澪を他所に、次郎と晃はハリーにそつなく挨拶と自己紹介を交わし、左側の部屋へと入っていく。

澪が慌ててその後を追うと、そこはどうやら応接室のようで、中央には革張りで鋲飾りの施された大きなソファセットが置かれていた。

「別世界……」

半ば無意識に呟くと、最後に入ってきたリアムが小さく笑う。

「この家にあるものの多くは、ハリーのコレクションなんだって。イギリスの賃貸物件は家具付きが主流なんだけど、価値の高そうな物がこうもずらりと並んでいると、少し身構えちゃうよね」

「リアムでも、ですか？」

「当然だよ。でも、当のハリーはさほど気にしてないみたい。ほら、あそこ見て」

リアムが指差したのは、窓際に置かれたチェスト。その引き出しの取手回りには、比較的新しそうな細い傷がいくつも走っていた。

「傷だらけですね……」

「アンティーク家具って、傷が付いちゃったら元通りにするのは難しいんだよ。経年劣化して味が出てるから、そこだけ新品みたいになると変だし、高い技術が必要なんだ」

「だから、そのままに……？」

「ま、アンティークコレクターもいろいろだからさ。厳重に保護して鑑賞を楽しみたいっていうタイプもいれば、使わなきゃ意味がないって考えるタイプもいるし。……で、ハリーは完全に後者なんだろうね。神経質なタイプなら、少なくとも賃貸物件に置かないだろうし」

「……なるほど」

確かに、本来は扱いに気を遣うべきものを、他人を住まわせる賃貸物件に置いておくくらいだから、リアムの言う通りなのだろうと澪は思う。

だとしても、あまりに遠慮なく付けられた傷には、アンティークにさほど興味のない澪ですらも心が痛んだ。

そっと触れてみると、指先に、見た目よりも深く刻まれた傷の感触が伝わってくる。

――そのとき。

『この家は、どこもかしこも傷だらけなんだよ。子供が多く住んでいたし、皆、とても元気だったからね』
　ふいに声をかけられ振り返ると、微笑むハリーと目が合った。
『ハリーはあまり傷を気にされないんですね』
『若い頃は今より神経質だったと思うけれど……、歳をとるごとに気にならないように
なってね。このチェストの傷にも、たった今気付いたくらいだ。むしろ、子供を持つ親
御さんたちの方がよほど神経をすり減らしていたんじゃないかな』
『そ、それは、そうかもしれません……』
『契約の時点で責任は問わないって言ってるんだけれど、なかなかね』
　そう言って申し訳なさそうに笑うハリーの表情からは、おおらかな人柄が伝わってき
た。
　翻訳機を通してのコミュニケーションには不安もあったけれど、表情や仕草には言葉
以上に伝わるものがあるらしいと、澪は少し安心する。そのとき。
『そろそろ、調査の件を話してもいいかい？』
　サイラスが遠慮がちにそう言い、澪は途端に我に返った。
『すみません……！』
　慌ててソファに腰掛けると、隣に座る晃がニヤニヤと笑う。
「さすが、おじさんキラー」
「な、なにそれ」

「東海林さんに可愛がられ、伊原さんには懐かれ、おまけにハリーと一瞬で打ち解けるなんて、見事な手腕だなって」

「手腕なんて言い方しないで……！」

コソコソと揉める二人を見ながら、リアムが小さく笑う。

一方、次郎だけはいたっていつも通りの様子でパソコンを開いた。

『ではハリー、早速ですが、我々はここに出る霊があなたの奥様、オリヴィアさんであるかどうかを確かめるという調査依頼を請けました。それにあたり、いくつか伺いたいことが』

『ええ。もちろん、なんなりと』

『助かります。では、まず霊がオリヴィアさんであると確信を持った理由を、……つまり、オリヴィアさんがこの家を手放すことに反対であると考えた理由を、お聞かせいただけますか』

次郎が最初に口にした質問は、ここへ来る道中にも車の中で話した、もっとも重要な部分だった。

ハリーは少し遠い目をし、それから静かに頷く。

『そうだなぁ……、そもそも私には、彼女を怒らせてしまう心当たりがあまりに多くて。……いや、生前の彼女が私に対して怒りを露わにしたことは一度もないんだけれど、……でも、私は彼女の望みを無下にしてしまったから』

『望み、ですか』

『ああ。……よければ、私たちの過去のことをお話ししても？　少し、長い話になってしまうけれど』

『もちろん構いません』

『ありがとう。……実は、私たち夫婦はこの屋敷で、身寄りのない子供たちを預かる、慈善活動をやっていたんだよ。彼女は、子供がとても好きだったから――』

ハリーの話は、遠い昔の、オリヴィアとの出会いから始まった。

学生の頃。オリヴィアをひと目見て恋に落ちたハリーは、熱烈なアプローチの末にようやく交際が叶(かな)い、卒業後すぐに結婚を申し込んだのだという。

オリヴィアが頷いてくれた瞬間のことを鮮明に覚えていると、とても幸せな瞬間だったと、ハリーは語った。

結婚後、絶対にこの幸せを守り続けると誓ったハリーは、親から継いだ小さな会社で必死に頑張り、結果、ものの数年で年商を三倍にするという快挙を達成する。

お陰で経済的な不自由はなく、二人は仲良く、そして穏やかに暮らした。

ただ、唯一満たされなかったのは、二人の間に子供を授からなかったこと。

オリヴィアは結婚当初から強く子供を望んでいたけれど、結婚して十年が過ぎても、それが叶うことはなかった。

互いに自分を責め、辛(つら)い時期もあったとハリーは話すが、そんな中、転機となったのは、知人に誘われて二人で参加した、孤児院のバザー。

オリヴィアは身寄りのない子供たちに心を砕き、それ以来、頻繁に通ってボランティアをするようになった。

自分たちも子供を預からないかとハリーが提案したのは、それから一年が経った頃のこと。

当時のイギリスは、後に問題となる「児童移民政策」が敷かれる程に孤児が多く、オリヴィアが手伝っていた孤児院も、収容可能人数をはるかに超える数の子供たちが生活していた。

オリヴィアは、ハリーの提案を心から喜んだらしい。

当時の二人には、養子に迎えるという選択肢ももちろんあったけれど、できるだけ多くの子供たちに手を差し伸べたいというオリヴィアの希望を尊重しつつ、二人が最終的に選択したのは、身寄りのない子供を自立するまで預かる慈善事業だった。

ハリーは蓄えていたお金で早速広い屋敷を買い、最初に受け入れたのは、さまざまな事情で親のいない三人の孤児たち。

本当はもっと大勢受け入れたかったけれど、経済的や体力的に二人で可能な範囲でと考えると難しく、それ以降も、もっとも多い時期で五人程度と、常に手が行き届く人数を、二十年以上にわたって預かり続けた。

しかし、――そんな幸せな日々の中、オリヴィアは、あまりにも突然、この世を去ってしまう。

オリヴィアが突然倒れたと子供たちから連絡があったのは、ハリーが仕事でロンドンを訪れていたときのこと。

すべての仕事を放っぽりだし、大急ぎでブロードステアーズに戻って病院に駆けつけたものの、残念ながら死に目に会うことはできなかった。

医者が語った死因は、心不全。いわゆる、突然死だ。

オリヴィアには持病もなく、いつも元気だっただけに、ハリーには到底受け入れ難い事実だった。

しかし、そんな絶望の中にあっても、ハリーにはいつまでも悲しんでばかりいられない事情があった。

なにより、そのとき預かっていた子供たちの中には三歳にも満たない子供が二人もいて、目を離しておける状況になかったからだ。

おまけに、子供たちのことをほぼオリヴィアに任せて仕事に集中してきたハリーには、家事も世話も思うようにやりこなせず、日々、オリヴィアに重い負担をかけてきたことへの後悔が募るばかりだった。

幸い、当時最年長だった九歳のアーロンが率先して面倒を見てくれたけれど、程なくして、ハリーはとても苦しい選択に迫られることになる。

それは、この慈善事業の存続について。

選択といっても、ただハリーが無理やり先延ばしにしていただけで、すでに答えは出ているも同然だった。

なにせ、すべてを任せていたオリヴィアはもうおらず、かといって、運営資金を支えていたハリーが仕事を辞めれば、すべてが成り立たなくなってしまう。

オリヴィアが自らの人生すべてを注いできたものを自分の手で終わりにしてしまうなんて、心が引き裂かれる程に辛いことだったけれど、日々育ち続ける子供たちのことを考えれば迷う余地はなかった。

結果、ハリーは自ら他の保護施設を訪ね歩いて、子供たちを受け入れてくれるところを慎重に探し、施設にも本人にも、自立できるまで資金面で支援を続けることを約束した。

一人きりになったハリーにもう大きな屋敷は必要なかったけれど、どうしてもオリヴィアとの思い出が詰まった家や家財道具を手放す気にはなれず、結局人に貸すことにし、自分はすぐ近くの小さなアパートに移り住んだ。

それからは、ただひたすら孤独な日々だったとハリーは話す。

お金を稼ぐ理由を失い、無気力の末に休職した後、信じられない程に静かな日々を、ただただ人形のように暮らしたと。

しかしそんな折、ハリーの気持ちが浮上するキッカケとなる、些細(ささい)な出来事が起こる。

それは、なんの気なしに出た部屋のベランダから、屋敷に住みはじめた一家の子供が、元気に庭を走り回る姿を目にしたこと。

懐かしい、と。

かつてあの笑い声の中心にはオリヴィアがいたと、そんな温かい気持ちで過去を思い返したのは、ハリーにとって久しぶりだった。

同時に、心の傷がほんの少し癒えたような、不思議な感覚を覚えたのだという。

それは生きる気力となり、ハリーは間もなく仕事への復帰を果たした。

そして、年月が過ぎる中で屋敷に住む家族は何度か入れ替わり、それと連動するようにハリーの心も少しずつ循環し、どうにもならなかった後悔もまた、少しずつ薄まっていく。

ついには、オリヴィアを思い出すたびに後悔が込み上げるという苦しいスパイラルからも解放されたものの、すでにすっかり歳を取っていたハリーは、そう遠くないであろう再会に想いを馳せるようになった。――しかし。

歳のせいか体を悪くし、そろそろ生前整理をと、ようやく屋敷の売却を決心して交渉を進めていた、矢先。

突如住人から聞かされたのは、屋敷に恨みがましい女の霊が出るという怖ろしい報告だった。

そのとき真っ先にハリーの頭を過ったのは、オリヴィアが怒っているのではないかという不安。

一度は消えたはずの後悔が、その瞬間に鮮明に蘇ってきたとハリーは話す。

『――時の流れとともに心が癒され、許された気になっていたけれど、すべて私のひとりよがりだったのだと気付いたんだよ。オリヴィアは、慈善事業を存続させられず、おまけに子供たちを別の場所に移してしまった私のことを、ずっと責めていたんだろう。その上、二人の大切な屋敷を手放そうとしているなんて、……我慢の限界がきたのかもしれない』

ハリーはそこまで言い終えると、すっかり冷めてしまった紅茶に口をつける。

正直、話を聞いた澪の印象としては、オリヴィアがそこまで怒るとは思えなかったけれど、知り合ったばかりの人間からなにを言われても響くはずなどなく、安易に口にすることはできなかった。

ひたすら続く重い沈黙から察するに、おそらく、皆も同じような気持ちなのだろう。もどかしい空気の中、ハリーは丁寧な動作でカップをテーブルに置くと、サイラスに視線を向けた。

『あの有名なウェズリーグループから、私の屋敷を改装し、ブロードステアーズの景観を重視したホテルにしたいと申し出があったときは、心から嬉しかったんだよ。叶うなら、あの屋敷にはずっと形を残してほしかったしね。……サイラス、君は、そんな私の思いを親身になって聞いてくれた。正直、これまでウェズリーにはあまりいい印象を持っていなかったんだけれど、その考えも変わったよ。……だから、今回のことは心から申し訳なく思ってる』

『ハリー……』

『しかし、残念ながらここに出る霊はきっとオリヴィアだ。突然契約を撤回してしまった手前調査には了承したけれど、結果はもうわかっているんだよ』

『そんな……』

　サイラスの弱々しい声が、部屋に小さく響く。しかし、そのとき。

『――ちなみにですが、霊がオリヴィアさんではないという調査結果が出た場合、信用していただけるのでしょうか』

　突如、次郎が言葉を挟んだ。

　皆の視線が一気に集中する中、次郎はさらに言葉を続ける。

『なにせ、我々はサイラスさんの弟にあたるリアムを通じて依頼を請けています。ですから、共謀して嘘の報告をする可能性を疑われても仕方がありません。ただ、信用いただけずに調査が無駄になるくらいでしたら、最初から辞退させていただきたく』

『ジ、ジロー……！』

　リアムが慌てて止めるが、次郎はそれを無視してまっすぐにハリーを見つめた。

　ハリーはわずかに瞳（ひとみ）を揺らし、それから小さく微笑む。

『信頼しているサイラスの前では少し言い辛（づら）いが、……もちろん、共謀の可能性がまったく過らなかったと言えば、嘘になるね。しかし、心霊調査なんてものは、証明のしようがないだろう？　私のようになにも視えない者に対しては、とくに』

『ええ、まさに』

『ならば、……せっかくだからひとつ提案させてもらいたいんだが、……調査結果を受け入れるかどうかを、君たちの調査の報告を逐一聞きながら、検討するというのはどうかな』

『我々の調査状況を、ですか』

『ああ。……なにせ、私はこの屋敷のことを何十年も見てきたから、たとえ現れる霊がオリヴィアでなくとも、私になんの心当たりもない者が恨みがましく出てくるなんてことは、あり得ないと思っているんだよ。嘘かどうかを見極めるためには、その方法しかないからね』

『なるほど。確かにその通りですね。私はそれで構いません。……二人はどうだ？』

次郎があっさり了承するのも無理はなく、ハリーの言葉には納得感があった。

そして、澪にとってもまた、都合の悪いことはなにひとつなかった。

『もちろんそれで大丈夫ですよ。視たものを全部報告します』

『僕も！』

澪と晃が頷くと、ハリーは少しほっとしたように微笑む。

『それはよかった。試すようなことをするのは心苦しいが、正直に言えば、私は調査の話を聞いた時点でこの提案をするつもりでいたんだよ。もっとも、信用云々の話を君の方から言い出すとは思わなかったけれど』

『疑われることには慣れていますから。ちなみに、証明することにも』

『それは頼もしいね』

ハリーが笑うと、よほどヒヤヒヤしていたのだろう、サイラスが額の汗を拭った。

『ハリー、……じゃあその、交渉成立ってことでいいのかい？』

遠慮がちな問いかけに、ハリーは頷く。

『ああ、構わないよ。では、もし霊がオリヴィアだった場合は、サイラスには悪いが売却の話は白紙ということで。しかし、逆にオリヴィアじゃなかったときは、君の好きなようにするといい。もっとも、危険な霊が憑いているとなれば、ホテルには不向きだと思うけれど』

『そ、それは……、リアム、大丈夫なんだろう？』

『うん。きっと第六の皆がなんとかしてくれるよ』

勝手に返事をするリアムに、次郎がやれやれといった様子で溜め息をつく。

しかし、とくに反論することもなく、早速ソファから立ち上がってハリーに視線を向けた。

『では、まず屋敷の中を拝見させてください。ところでハリー、我々は、調査の間ここに滞在させてもらいますが、構いませんか？』

『もちろん。そう思って、水も電気も通したままだし、キッチンには簡単な食料を用意してある。屋敷の中の物は好きに使って構わないよ』

『助かります』

『では、私が案内しよう』

ハリーはそう言うと、杖を手に取りゆっくりと立ち上がる。

澪が咄嗟に腕を支えると、ハリーは穏やかな微笑みを浮かべた。

『ありがとう。ところでミオ、さっきの会話から察するに、君は第六の調査員なんだね』

『は、はい、一応……。頼りないですか？』

『まさか。少し意外だっただけだよ。なにせ、私が知るイギリスのミディアムは、皆、いかにもといった風貌をしているから』

『ミディアムって、霊能者のことですよね？　私は霊能者じゃなく、ただの会社員ですから』

『……つくづく面白いな』

楽しげに笑うハリーを見て、澪の肩から力が抜ける。

最初からなんとなく感じていたけれど、ハリーが纏う空気には、自然に人をリラックスさせるような柔らかさがあった。

子供を預かっていた頃はさぞかし懐かれていたのだろうと、澪は温かい気持ちで過去の様子を想像する。

一方、応接室を出たハリーは、玄関ホールを挟んで向かい側にある、細かい飾り彫りの施された戸を指差した。

『屋敷の向かって右手側がダイニングキッチンで、バスやトイレなどの水回りはすべて向こうにまとまってる。あとで場所を確認しておくといい』

『ありがとうございます。本当に素敵なお家ですね』

しみじみそう言う澪に、ハリーはにこやかに微笑む。

しかし、続けて二階の方を見上げ、どこか不安げに瞳を揺らした。

『……では、いよいよ二階を案内しようか』

『いよいよ……？』

『ああ。前まで住んでいた夫婦が霊を見かけた場所が、二階の廊下なんだよ』

そう言われて澪も見上げると、吹き抜けの二階部分の正面には、左右に伸びる細い渡り廊下が見えた。

今のところおかしな気配は感じられないが、ハリーは二階へ続く階段を上がりながら、憂鬱（ゆううつ）そうに視線を落とす。

『二階は全部で五部屋あって、左側には主寝室と洋室が各一つ。中央の廊下を渡った右側に洋室が三部屋ある。そして、霊が目撃された場所は、……この辺りかな』

まさに二階に着いたタイミングでの報告に、背後からふいに小さな悲鳴が聞こえた。

振り返ると、真っ青な顔で硬直しているサイラスと目が合う。

その様子から、サイラスが相当な怖がりであることは聞くまでもなかった。

『サイラスさん、大丈夫ですか？』

心配になって尋ねたものの、余裕がないのか返事はなく、リアムが苦笑いを浮かべる。

『……サイラス、無理しないで。あとは僕たちでやるから、付き合わなくて平気だよ』

リアムからの申し出に、サイラスは迷いを見せつつも、結局頷いてみせた。

『わ、悪いな、リアム。私はこんなだし、きっと邪魔になるだろうから、お言葉に甘えて調査の間はホテルにいるよ。……ただ、それ以外の協力は惜しまないから、なにか調べものや必要なものがあればすぐに言ってくれるかい？』

『うん、ありがとう』

『で、では、……私はこれで！』

逃げるように去っていく後ろ姿を見ながら、晃が遠慮なく笑う。

一方、次郎はとくに気にする様子もなく、早速廊下の確認をはじめた。

『霊はこの廊下に現れたんですね。ちなみに、特徴は聞いていますか？』

『聞いてはいるが……、霧のようなぼんやりしたものだったらしく、女性だということくらいしかわからなかったそうだよ』

『なるほど。霊を視るまでの経緯はご存知ですか』

『確か……、最初は、夜中に変な物音が聞こえるようになったと。しばらくは気に留めなかったが、あまりに続くものだから、ある夜不思議に思って廊下に出てみると、不自然に冷え切った空気の中、霊がフラフラと廊下を移動していたらしい。二人とも恐怖で身動きが取れなかったそうだが、霊は結局彼らには干渉してこず、ただ恨みがましい声でなにやらブツブツ呟きながら階段を下りて行ったそうだよ』

『階段を下りた後はどこに？』

『それ以降はわからないな。彼らに追う勇気などなかっただろうからね。ただ、霊を視た翌朝は、キッチンや玄関ホールが少し荒れていたらしい。触った覚えのない物が散らかっていたりとか』

『いわゆる、ポルターガイストですね』

『彼らもそう話していたよ。ホラー映画で見た通りだと。……その日以降は、たとえ物音がしても部屋から絶対に出なかったそうだが、たびたびキッチンや玄関ホールが荒れていたとかで……、引越し前はすっかりノイローゼになっていたなぁ』

『なるほど。……ちなみにですが、ポルターガイストとは、霊が主に怒りを訴えるときに起こす行動だと言われています』

『怒りか。……やはり』

やはりと口にしたハリーがなにを思っているのか、澪には手に取るようにわかった。

苦しそうに途切れた声が切なく、澪はハリーの背中にそっと触れる。

『落ち込まないでください……。まだ、調査はこれからですから』

しかし、ハリーはただ静かに首を横に振った。

『君はそう言うが、さっきも話した通り、私にはオリヴィアを怒らせてしまう心当たりがありすぎるんだ。いっそ、私の目の前に現れ直接怒りをぶつけてほしいくらいだが、……鈍い私には、彼女の姿を視ることすら叶(かな)わない』

『ハリー……』

『自分があまりに不甲斐(ふがい)なく、心が苦しくて仕方がないよ』

あまりにも辛(つら)そうなハリーの言葉に、澪の胸がぎゅっと締め付けられる。しかし、それと同時に、心の中ではじわじわと強い感情が膨らんでいた。

『私は……、オリヴィアさんじゃないと思ってますよ』

誰もが無責任な発言を避けていた中での宣言に、一瞬で空気が張り詰める。

途端に次郎は天井を仰ぎ、晃は頭を抱えた。

しかし、一旦(いったん)口にしてしまったが最後もはや自分では止められず、澪はさらに続ける。

『言ってしまえば、ただの勘なんですけど、……でも、オリヴィアさんは怒ってなんかないって、妙に自信があるんです。だって、ハリーはなにもかも自分のせいにして一人で抱え込んじゃうくらい優しい人ですから。出会ったばかりだけど、わかるんです』

『ミオ……』

『そんな優しいハリーと一緒に暮らしてきた女性が、散々傷ついて苦しんできた最愛の人を責めたりするでしょうか。しかも、関係ない人を怖い目に遭わせたりまでして。……だから私は、現時点でオリヴィアさんだと決めつけるのは、オリヴィアさんに対しても失礼なんじゃないかって――』

「澪、やめろ」

次郎に遮られ、澪はようやく我に返った。そして、さすがに言いすぎてしまったと、たちまち後悔した。

オリヴィアではないという自信に嘘はないが、第六の人間としては、調査も始まっていない現時点で断言すべきではなかったと。

辺りに、居たたまれない沈黙が流れる。――しかし、そのとき。

突如、ハリーが堪えられないとばかりに笑い声を上げた。

驚いて視線を向けると、ハリーは呆然とする澪の肩をぽんと叩く。

『失礼。決して、面白かったわけじゃないんだけれど』

『あの……』

『確かに、もしオリヴィアじゃなかった場合、私の考えは彼女にとても失礼だと思ってね。ミオの言葉は、……まあ、調査会社としては好ましくないものなんだろうけれど、とても素直で胸に刺さったよ』

『……す、すみません』

『ただ、私は霊のことはよくわからないから……、どんなに優しかったオリヴィアでも、あまりに不甲斐ない私を見ているうちに苛立ちが募って、許されたなんて大きな勘違いだと、私を責めたくなってしまったんじゃないかと考えたんだ。……なにせ会話が叶わないから、思考が良くない方にばかり向かってしまって』
それは、ハリーが不安になる心境が、嫌という程に伝わる言葉だった。
そして、オリヴィアのようにあまりにも急に亡くなってしまうと、残された人間には
こんなに多くの葛藤が残るのかと、澪は改めて理解していた。——しかし。
『優しい人は、亡くなってもずっと優しいままですよ。私には視えるので、わかります。
現に、そういう子たちを知っていますから』
思わずそう口にした澪が思い浮かべていたのは、マメや、佳代のこと。
同時に、足元にふわりとマメが現れ、澪を見上げて尻尾を振った。ハリーには視えな
いとわかっていながら、澪はその体を抱え上げる。
ハリーは不思議そうに澪の手元を見つめ、大きく瞳を揺らした。
『もしかして……、そこに、なにかいるのかい……？』
『はい、私の愛犬が。マメっていうんです』
頷くと、ハリーは明らかに動揺しつつも、言葉の真偽を見定めるかのように澪をまっ
すぐに見つめる。そして。
『……君は、本当に奇妙なことを言う。……しかし、とても不思議なんだけれど、……
嘘を言っているようには見えない』
そう呟きながら、困ったように笑った。
『私、嘘は苦手ですよ。すぐに顔に出ちゃうから』

『いかにもそんな感じだね。だからこそ、なおさら混乱しているんだけれど』

『そ、そうですよね、すみません……』

『いや、……だが、そのお陰で私もあまり頑なにならず、少しだけ、君の勘を信じてみたいと思えたよ。ここに出る霊が、オリヴィアではない可能性を』

『ハリー……』

『希望は持つべきなのかもしれない。現に、そう思うだけで心が少し軽くなった。……ただ、もしオリヴィアでなかったとなれば、私は結局彼女に怒られてしまうね。〝私をなんだと思っているの〟って』

『それはもう、存分に怒られてください』

『そうだね。……もっとも、君も上司に怒られそうだが』

『……』

勝手にオリヴィアでない説を押し通してしまった澪には、もはや、次郎の顔を見ることができなかった。

かたや、ハリーは少しいたずらっぽい笑みを浮かべ、ふたたび廊下を進みはじめる。

『では、そろそろ二階の部屋を案内しようか。ちなみに主寝室以外の四部屋は、かつて、預かっていた子供たちの部屋として使っていたんだよ。中には、壁に落書きが残っている部屋もある。もちろん何度か塗り替えているけど、オリヴィアが気に入っていたものはあえて残しているんだ』

そう言って順番に案内された四部屋には、ハリーが言った通り、いくつか可愛らしい落書きが残っていた。

ただ、それ以上に目を引いたのは、各部屋に設置されているベッドやチェストの惨状。

さすがにアンティーク家具ではないようだが、どれも傷や落書きだらけで、中には、引き出しの取手が取れたままになっているものや、元の材質がわからないくらいシールまみれになっているものもあった。

『うわ、めちゃくちゃやりたい放題じゃん。ここに残っている家具って、ハリーさんが最初から置いてたものなんでしょ？』

晃がそう言いながら、ベッドの柱に何重にも貼り重ねられたシールに触れる。

ハリーは頷き、昔を懐かしむように目を細めた。

『子供部屋の家具はオリヴィアがいた当時のままだから、この家を貸すようになる前から結構傷んではいたんだよ。住人たちには好きに使っていいと、しかし邪魔なら倉庫に移すと伝えていたけれど、なにせ子供のいる家庭が多かったし、大概はそのまま使っていたから今やこの有様だ。とはいえ、私はこういうのも嫌いじゃないんだよ。ある意味人の成長記録というか、経年変化の一種だと思えば、むしろ愛おしくすらある』

『心、広すぎ』

楽しげに語るハリーを見て、晃は理解できないとばかりに肩をすくめる。

子供と触れ合った経験がほとんどない澪にとっても、ここまでの状態になった経緯を想像するだけで軽く眩暈（めまい）がした。

ただ、ハリーがかなりの子供好きであるということは、原型を留（とど）めないくらいボロボロになった家具を愛おしいと話す様子から、十分すぎる程伝わってくる。

だからこそなおのこと、愛しい人を失い、賑（にぎ）やかだった日々を突然手放すことになってしまったハリーの当時の喪失感は、計り知れないものがあった。

やはり、絶対に霊がオリヴィアでないことを証明しなければ救いがないと、澪は改めて思う。――しかし。

「……澪、少しいいか」

ひと通り屋敷内の確認を終えて応接室に戻る途中、次郎からこっそり耳打ちされ、たちまち不安が過（よぎ）った。

やはりさっきのハリーへの言動はまずかったと、これは絶対に怒られる流れだと思いながら、澪は次郎に促されるまま玄関の外に出る。――しかし。

「……霊がオリヴィアではないと考えるお前の勘には、正直、俺も同意だ」

まず最初に次郎が口にしたのは、予想外の言葉だった。

「は……？」

ポカンとする澪に、次郎は小さく息をつく。

「道中にも少し話しただろう。死んで実体をなくした霊が〝物〟に執着しても意味がないと」

その言葉で思い出したのは、車の中での会話。

次郎はあのとき、「死んだ人間がそこまで具体的な主張をしてくることはほぼない」と、さらに「思い入れや愛着などの曖昧な理由で不動産売買にまで口出しされたら、遺された人間は身動きが取れなくなる」と話していた。

「な、なんだ……、じゃあ、言っちゃって良かったんですね……!」

澪はほっとし、緊張を緩める。しかし。

「依頼主に言っていいわけがないだろ、馬鹿。ただでさえ感傷的になっているところに、徒に希望を持たせてどうする。これまで当たってきたからいいようなものの、最近に関してはとくに、自分の感覚を信じすぎる。もっと慎重になれ。調査はお前一人で進めてるわけじゃない。周囲の人間の面倒が増えるようなことをするな」

「……すみません」

結局怒られてしまい、しかもそれがぐうの音も出ない正論で、澪はがっくりと肩を落とした。

確かに、霊がオリヴィアだった場合は、期待を持たせてしまったぶんハリーを余計に傷つけてしまう。

ただ、それがわかっていてもなお、澪の勘は揺らがなかった。

「あの……、ちなみに次郎さんは、ここに出る霊がオリヴィアさんの可能性、どれくらいあると思ってるんですか……？」

確認のために尋ねると、次郎は悩ましげに眉根を寄せる。

「話を聞く限り、普段なら、十中八九ないと言ってるところだ。……が」

「が……？」

「さっきハリーが言っていた〝なんの心当たりもない者が恨みがましく出てくるなんてことはあり得ない〟という意見も、無視できないと思ってる。そもそも、オリヴィアが本当にハリーが語っていたような善人だったかどうか、俺らには知りようがない。ハリーが知らないだけで、裏の顔があった可能性もある」

「それは……」

あまり考えたくはないが、確かに、オリヴィアの過去や人柄に関してはすべてハリーを通して知ったことでしかなく、あくまで個人の主観的なものだ。

深く愛していた相手のことならなおさら、都合のよいフィルターがかかってしまうことも、ないとは言いきれない。

澪は途端に不安になり、反論できずに視線を落とす。

かたや、次郎はやれやれといった様子で溜め息をついた。

「だから、いつも感情的になるなと言ってるだろ。今回はとくに、いかにもお前が熱くなりそうな案件だったし、むしろすでに熱くなってたから早めに忠告した。それでも、だいぶ手遅れだが」

「ご面倒をおかけします……」

「……あと、一応言っておくが、ハリーを混乱させないためにも、お前はあくまでオリヴィアじゃない説を推したまま最後までやれ。冷静な意見は、俺と溝口が言う。ただし、これはあくまでスタンスの話で、偏った見方をするなよ」

「き、肝に銘じます。いつもフォローさせてしまってすみません……」

「わかったならいい。とりあえず、戻るぞ」

次郎はそう言って時計を確認すると、玄関の戸を開ける。――しかし。

「まあ、もっとも平和に終わらせるためにも、オリヴィアじゃないことを祈りたいところだな。……そうでないと、あまりに寝覚めが悪すぎる」

次郎は去り際、普段ならまず言わないような、私情を含んだ言葉をさらりと口にした。

澪は驚き、応接室へ向かう次郎の後ろ姿を呆然と眺める。

そして、改めて最近の次郎の様子を思い返しながら、雰囲気が少し柔らかくなったのではないかと、小さな変化を感じていた。

もしそうだとするなら、キッカケはおそらく、仁明との因縁が一応の終幕を迎えたこと。

考えてみれば、一哉の亡骸が見つかった当時にも、澪は次郎からわずかな変化を感じた。

それは言葉にできないくらいにごく些細なものだが、ドライな部分が払拭され、やや人間味を帯びたという表現が近い。

ひとつ思い浮かぶ推測としては、一哉の件に人生のほとんどを費やしていた次郎の心が解放され、少しずつ自由を取り戻しつつあるということ。

もしそうだとして、自由という漠然としたものが、今後の次郎にどんな影響を及ぼすのかは想像もつかないが、どうであれ自分は必ず味方でいようと、澪はこっそり心に誓った。

「……私も、寝覚めのいい結末を願いますね」

澪はぽつりとひとり言を呟き、改めて決意を固める。――瞬間、どこからともなく漂ってきた甘い香りが澪の鼻を掠めた。

その香りにはかすかに覚えがあり、庭の花だろうかと、澪はぐるりと辺りを見回す。

しかし、改装が中途半端のまま放置された雑然とした庭には、香りの元となりそうな花が見当たらなかった。

澪は不思議に思いながらも、一旦忘れ、屋内へ戻る。

そして、一度深呼吸をしてから、応接室の戸を開けた。

「それにしても、めちゃくちゃ大きなお屋敷だねー。なんか、古い映画に出てくる貴族の豪邸って感じ」

澪たちが調査の準備を始めたのは、ハリーが自宅へ帰って間もなくのこと。

調査の拠点として選んだ主寝室の隣の洋室でカメラの設定をしながら、晃がそう呟いた。

澪もまた、窓の外の風景を見渡しながら頷く。

「見た感じ、この辺りの家はどこも大きいんだけど、ここだけ群を抜いてるよね……。庭もすごく広いし」

すると、二人の会話を聞いていたリアムが、ふと口を開いた。

「サイラスが交渉前にした調査によると、ここはコウが言った通り、元々貴族の別荘として建てられたお屋敷なんだって。その当時はもっと敷地が広かったらしいんだけど、そのままじゃ買い手がないから区画分けして売りに出されて、結果的に辺り一帯が別荘地化したとか」

「やっぱりねー、だって超高そうだもん。ハリーはここをいくらで買ったんだろ」

「わからないけど、相当頑張ったんじゃないかな。そこそこの会社の経営者でも、ぽんと払える額じゃないだろうし」

「それって、オリヴィアの希望を叶えるために……ってことでしょ？　すごいよねー、その根性」

「根性というか、純粋な愛だよね」

「愛、ねぇ。まだ未熟な僕には、よくわかんないわ。……ま、どっちにしろ、それだけ愛情を注いだのに化けて出られちゃたまんないよ」

晃の呟きにはまったく遠慮がないが、正直、澪としてもやや同感だった。

現に、もし澪の勘が外れ、霊がオリヴィアだったと仮定したところで、澪にはまったくもってその怒りの理由を想像することができない。

考えられるとすれば、この家そのものに対して、オリヴィアが異常な執着を持っていたこと。

しかし、そもそもオリヴィアのためにハリーが頑張って購入した屋敷であっても、手放すなという主張はあまりに無情に思える。

もっと複雑な事情を推測すべきだと思うものの、つい私情が邪魔して上手くいかなかった。

「……結局、私はどうやってもオリヴィア説を支持できないみたい……」

なかば無意識に呟くと、皆の視線が澪に集まる。そして。

「ねえ澪ちゃん、もしオリヴィアさん本人を視ちゃっても、嘘つかないでね」

澪の心を見透かしたのだろう、晃がいつもやるように、あえて空気を読まない発言をした。

お陰で少し気持ちが緩み、澪は苦笑いを浮かべる。

「そんな意味のないことしないよ……。それに、オリヴィアさんの写真を見せてもらってないから、判断しようがないし」

「え、写真ないの？　ただでさえ情報少ないのに？　なんで？」

「本人は、忘れたって言ってたけど……」

「それってもしかして、試されてるんじゃない？　だって、ハリーの自宅はここから近いんでしょ？　忘れたんだとしても、すぐに持って来れるじゃん」

「……そうかも。でも、嘘をつく気はないし、どうせ視たままを報告するだけだから、あってもなくても一緒だよ。むしろ、写真を見ちゃうと雑念が入りそう」

「……まあ、澪ちゃんがそう言うなら、別にいいけど。……じゃ、とにかく僕らはいつも通りやろう。部長さん、カメラどうする？」

晃はそう言い、数台の小型カメラを抱えて立ち上がる。

すると、次郎はパソコンを操作していた手を止め、眉間に皺を寄せた。

「そうだな。ひとまず霊障があった廊下にサーモグラフィー付きを。それから、階段と玄関ホールに。初日は様子見として、全体的に画角を広めにしてくれ。……あと、一応、庭にも一台」

「庭？　なんで？」

「なんとなく」

「なんとなくって、らしくないなぁ……。ま、カメラには余裕があるし、全然大丈夫だけど。……ねーリアム、手伝ってよ」

「了解！」

二人が出て行った後、澪は改めて廊下に出て、気配を確認する。

しかし、やはり現時点で気になるようなものはどこにもなかった。

「そういえば、今日の私の待機場所、どこにします？　やっぱり廊下？」

尋ねると、次郎は廊下に出て少し考えた後、主寝室の戸を開ける。

ハリーの案内ですでに確認済みではあるが、主寝室はかなり広く、ダブルサイズのベッドが二台に二人がけのテーブルセット、さらにドレッサーや大きなチェストまで置かれていた。

「それにしても広いですね……」

次郎の後ろから部屋を覗き込みながら、澪はぽつりとそう呟く。

一方、次郎は戸の上下にある隙間を注意深く確認し、それから改めて部屋の中を見回した。

「前に住んでいた夫婦は、夜中に物音を聞いたと言っていたな」

「はい。この部屋で寝てるときに聞いたってことですよね。気になって廊下に出たら、霊を視ちゃったっていう……」

「なら、待機場所はここだな」

「廊下じゃなくていいんですか？」

「ああ。まだ昼間とはいえこうも気配がないとなると、警戒心が強い可能性がある」

「なるほど」

「さらに、目撃した夫婦に直接的な被害が出ていないのなら、霊の目的は、少なくとも住人とは関係がない」

「追い出したかったわけじゃないってことですよね。……というか、いったいなんの目的があって、夜中にコソコソ動いてるんでしょうか」

「まずは、その目的を探るべきだな。なら、尾行が手っ取り早い」

「霊を尾行ですか……。そういうのしばらくやってなかったから不安ですけど、頑張ります……」

つい弱気な発言をしてしまったのも、無理はない。

霊とは本来警戒心が強いものだが、最近はやたらと主張の強い霊ばかりを相手にしていたせいか、待機してこっそり後をつけるという調査はずいぶん久しぶりだった。

第六で働き始めた当初はそんなことばかりやっていたけれど、それも今となっては遠い昔のことのように思える。

かたや、次郎はとくに不安な様子を見せず、澪に二枚のお札を持たせた。

「お前とリアムはコレを持って霊を追い、目的を探りつつ特徴を観察してくれ。ただし、このお札はあくまで日本の霊仕様で、普段通りに効く保証はない。いつもの調子で近寄りすぎないように」

「……なんだか難しそうですね」

「たとえ見失ったとしても、大まかな居場所くらいはカメラでも追える。が、ポルターガイストを起こすような霊を怒らせると厄介だから、気をつけろよ」

「わ、わかりました。やれるだけやってみます」

「あまり構えるな。散々経験積んできただろ」

「そう、ですよね」

「それに、少々のミスは織り込み済みだから、気楽にやれ」

「ミスは織り込み済みだなんて言われると、それはそれで複雑というか……」

「面倒だな、お前」

　ブツブツ文句を言う澪に、次郎が小さく笑う。

　その表情が、次郎にしては珍しいくらいに柔らかく、澪は思わず呆然と見入ってしまった。

「……おい、どうした？」

「え、は、はい！　わかりました！　わ、わかってます！」

「……なにが」

「え？……いや、全部です。……全部」

「……逆に不安だな」

　次郎はそう言いながらも、澪の肩をぽんと叩いて主寝室を後にする。

　動揺はなかなか収まらなかったけれど、肩に一瞬だけ触れた手から、言葉とは裏腹な信頼が伝わってくるような気がした。

「……リアム、眠くなったら寝ちゃっていいですからね？　なにかあったときは起こしますし」

その夜、晃と次郎が拠点で待機する中、澪とリアムは計画通り主寝室で異変が起こるのを待った。

ちなみに、澪は夕方に少し仮眠を取っているが、リアムは調査に参加する興奮で、一睡もしていないらしい。

朝まで延々待機の可能性も十分あるだけに心配だったけれど、リアムはそんな澪に向けて力強く親指を立てた。

「全然大丈夫だよ。気持ちが昂っちゃって、眠くなる気配なんてないから」

「そんなに楽しみですか……？」

「もちろん！　霊の存在を近くで感じられるなんて、僕にとってこれ以上のことはないよ。今からドキドキしてる」

「……そ、そっか。イギリスに来て以来すっかり忘れてましたけど、そういえば心霊マニアでしたね、リアムって」

「そこは僕の僕たる所以だから、忘れないで。ただ、今回に関してはそれだけじゃなくて、ジローから直々に協力要請を貰ったことがなにより嬉しいんだよ。今回は、僕にも役割が与えられているし」

「は、はあ……」

リアムの役割とは、ここまでの道中に次郎が言っていた通り、霊がなにか言葉を発したときのための、いわゆる通訳。

澪としては不甲斐ない気持ちでいっぱいだが、英語だけは根性でどうにかなるものでもなく、素直に頼る他なかった。

ただ、リアムはずっと落ち着きがなく、立ったり座ったりを繰り返したかと思えば、ついには部屋の中をウロウロと歩きはじめる。

『……おい、あまり動くな。物音が聞こえなかったらどうする』

よほど目に余ったのだろう、ついにはイヤホン越しに次郎が苦言を呈した。

「ごめん……、いてもたってもいられなくて」

『止めないなら、役割を降ろすぞ』

「わ、わかった。大人しくするよ」

リアムが慌てて謝ると、今度は晃の笑い声が響く。

その声があまりに楽しそうで、澪もついつられて笑った。

『……おい、澪』

「す、すみません、なんだか面白くなっちゃって。……ただ、気配に敏感なマメも一緒ですし、リアムが少しくらいウロウロしてても平気ですよ」

そう言うと、傍で丸まっていたマメが澪を見上げ、耳をぴんと立てる。

その様子がモニター越しに見えたのか、次郎は気の抜けたような溜め息を零した。

『……ならいいが。ただ、もうすぐ〇時を回るから、気を抜くなよ』

「わかりました」

澪は頷き、一旦廊下の方へ意識を集中する。

しかし、やはりまだ気配はなく、それどころか、予兆となりそうな霊障ひとつ感じられなかった。

「できるだけ早く、なんらかの反応がほしいですね……。いつまでもイギリスに滞在できるわけじゃないし、あまり時間をかけられないのに……」

焦る澪を他所に、リアムは小さく肩をすくめる。

「別に、いつまでもいればいいのに。いっそのこと、夏の間ずっと滞在したら？　日本の夏は暑いしさ」

「そんなの無理ですよ……。第六が稼働しないと高木さんや伊原さんも困るでしょうし、沙良ちゃんにはずっと留守番を任せっぱなしで……」

「それは、確かにね。皆も一緒に来たらよかったのに」

「そういう問題では……」

否定したものの、澪は正直、イギリス行きが決まった当初、高木や伊原はともかく第六に所属する沙良は同行できるものと考えていた。

しかし、一度危険な目に遭っているということもあり、セキュリティ上の問題から、結局は目黒が首を縦に振らなかった。

結果、沙良は占い師の騒動の間に溜まりに溜まった資料整理や事務処理を、一人オフィスに残り請け負ってくれている。

澪としては、なにか困っていないだろうかと心配だったが、なにせ時差が八時間もあるためなかなか電話のタイミングが摑めず、結局は、物足りなくも携帯のメッセージのみで互いに現状報告を送り合っていた。

そのときも、携帯を見れば「危険な目に遭っていませんか」と心配の言葉が届いており、澪は寂しさを覚えながら「大丈夫だよ、ありがとう」と返信する。

そうこうしている間にも時間は刻々と過ぎ、やがて、時刻は深夜二時を回った。

日本ではもっとも霊が出やすい時間とされているが、依然として、廊下は静まり返っている。――しかし、そのとき。

澪の心にふと、ほんのわずかな違和感が過った。

咄嗟に周囲を見回したものの、とくに気配があるわけでもなく、物音もしない。

しかし、どうしても気分が落ち着かず、澪は一旦立ち上がって辺りに集中する。

『どうした』

すぐに次郎から反応があったけれど、的確な説明が思いつかないまま、澪は首を横に振った。

「いえ……、ちょっとだけ変な感じがして……。でも、多分気のせいだと思います」

澪はひとまずそう答え、ふたたび腰を下ろす。しかし。

『お前の感覚に〝気のせい〟はない』

次郎は迷いもせずにそう断言した。

「え、でも……」

『確かにカメラにはなにも映っていないし、廊下の気温にも変化はないが、……お前が違和感を覚えたなら、なにかある』

「なにか、って言われても」

『この状況でお前だけに気付けるものといえば、ひとつしかないだろ』

「あ……」

そう言われた途端に思い当たったのは、残留思念のこと。

東海林いわく、残留思念とは「人の持つ強い念のみが独立したもの」であり、それは念の主の生死とは関係がないため、霊とはまったくの別物とのこと。いわゆる生き霊と呼ばれる類も、それに属するらしい。

そして、第六の中でそれを感じ取れるのは、澪と、沙良しかいない。

マメですら、ずいぶんリラックスした様子でベッドの上で丸まっていた。

「……つまり、この家の中に、誰かの残留思念が漂ってるってことでしょうか」

『おそらく。調査のヒントになるかもしれないから、探ってみてくれ』

「わかりました」

澪は頷き、廊下に続く戸をそっと開け、ゆっくりと足を踏み出す。

リアムもまた、目を輝かせながらその後に続いた。

「ミオ、僕も行っていい？」

「もちろんです。いてくれた方が、残留思念かどうか判断しやすいですし。もしなにか視たら、すぐに報告してくださいね」

「わかった！」

「し、静かに……」

慌てて唇の前に人差し指を立てると、リアムは申し訳なさそうに苦笑いを浮かべる。

ただ、幸いにも残留思念らしき気配はまだ消えておらず、それどころか、さっきよりも明らかに濃くなっていて、澪はその元を辿るようにゆっくりと廊下を進んだ。

やがて拠点の前を通過し、澪たちは、吹き抜けを横切る渡り廊下に差しかかる。――瞬間、ふと、小さな笑い声が響いた。

「リアム、今の声は聞こえました……？」

確認のために尋ねると、ある意味予想通りと言うべきか、リアムはキョトンとした表情で首を横に振る。

「僕にはまったく。ミオはなにか聞いたの？」

「小さな笑い声を……」

「きっと残留思念だね。オリヴィアかな」

「そこまではわかりませんが、……でも、大人の女性というよりは、もっと無邪気な感じが……」

「じゃあ、子供の残留思念なんじゃない？」

「……そうかも」

　リアムの推測には、納得感があった。

　この屋敷には、過去に多くの孤児たちが生活していた歴史があるからだ。

「きっとそうだよ。オリヴィアが愛情をかけてたって言っていたし、楽しかった記憶が念になって残ってるんじゃない？」

「確かに、いかにも楽しそうな笑い声でした」

「いいなぁ、僕も聞きたいよ」

　心底羨ましそうにしているリアムに申し訳ないと思いつつも、澪はさっき聞こえた声を頭の中にもう一度思い浮かべる。

　すると、それに重なるようにして、ふたたび辺りに笑い声が響き渡った。

　今度はさっきよりずっと明瞭で、しかも大勢の声が重なり合っており、たくさんの子供たちがじゃれ合っているような光景が頭に思い浮かぶ。

　笑い声は次第に大きくなり、ついには、パタパタと走り回る賑やかな足音までが響きはじめた。

「すごい……、現実みたいにハッキリ聞こえる……」

ここまでリアルなものは過去に経験がなく、澪はしばらく呆然と聞き入る。

かたや、カメラの方には相変わらずなんの反応もないようで、イヤホンから晃の『つまんない』という聞こえよがしな不満が届いた。そのとき。

『澪、子供の声以外には、なにか聞こえるか？』

ふいに次郎から問いかけられ、澪は途端に我に返る。

「えっと、……声だけじゃなく、大勢の子供たちが笑いながらあちこち走り回ってるような騒々しい感じです。みんな、めちゃくちゃ元気で……」

慌てて返した答えに、次郎はやれやれといった様子で小さく笑った。

『まあ、子供部屋に残された家具の状態を見れば、だいたい想像がつくな』

「そういえば、かなり豪快にシールが貼られてましたよね」

つられて笑うと、今度はどこからともなく、ひときわ賑やかなはしゃぎ声が響く。

一向に止む気配のない声に戸惑いながらも、元々孤児だったことを感じさせないくらいのこの明るさは、微笑ましくもあった。

おそらく、この家での日々がそれだけ幸せで、満たされたものだったのだろうと澪は思う。――しかし、そのとき。

突如、笑い声が嘘のようにぴたりと止み、辺りがしんと静まり返った。

「あれ……？」

『どうした』

「いきなり、声や物音が消えて……」

『いきなり？』

「はい、あまりにも突然、プツンと途切れるみたいに」

次郎からの問いに答えながら、澪はなんとなく、嫌な予感を覚えていた。

残留思念に関してわかっていることはまだまだ少ないが、だとしても、あまりに不自然すぎる気がしたからだ。

澪はただ呆然と、辺りを見回す。

すると、イヤホンから次郎の声が届いた。

『とりあえず、主寝室へ戻ってくれ』

「……そう、ですね」

澪はひとまず気持ちを切り替え、次郎の指示通り主寝室の方を向く。――瞬間。

拠点の前あたりにぼんやりと浮かび上がる、奇妙な白い影の存在に気付いた。

それはゆらゆらと曖昧（あいまい）に形を変えながら、宙を漂っている。

「なにか、変なのがいる……」

「え？　どこどこ？」

「リ、リアム、静かに……」

澪は慌ててリアムの腕を引き、姿勢を下げて渡り廊下の手摺（てす）りに隠れた。

それと同時に、肌に触れる空気がみるみる冷えていくような感覚を覚える。

『澪ちゃん、廊下の気温が下がりはじめたんだけど、これって霊障じゃない？……ちなみに、冷気の中心は拠点の前の廊下だよ』

イヤホンから届いたのは、やや興奮気味に話す晃の声。

薄々察してはいたものの、霊障が起こったとなれば、現れた影が残留思念ではなく、霊であることはもはや確定だった。

やがて、それを裏付けるような重々しい気配が廊下をじわじわと侵食しはじめ、みるみる辺り一帯を覆う。

「なに……、これ……」

そのあまりの冷たさに言葉を失っていると、イヤホンから次郎の声が届いた。

『澪、目撃者の証言通りの白い霧状の影が、廊下をゆっくり移動しながら階段の方に向かってる。今は動かず、そこから様子を窺ってくれ』

「わ、わかりました……」

『ちなみに、霊の姿はどの程度見える？』

「ちょっと、確認してみます……」

澪は改めて、現れた霊に視線を向ける。

しかし、その見た目はまさに白い霧状で、かろうじて人を象っているといった様相だった。

ただ、よく目を凝らしてみると、ゆらゆらと長い髪が揺れるようなシルエットが確認できる。

「ここから見てもただの白い霧で、特徴はよくわかりません……。髪が長いので、女性っぽいってくらいです。……多分、前の住人が視た霊と同じでしょうね」

『わかった。だとすれば、同じ行動を取る可能性が高いな。おそらく、一階に向かうはずだ。なるべく目を離さず、行動を確認してくれ』

「了解です……。お札の効果か、今のところ気付かれてなさそうなので、後を追ってみますね」

そのときの澪は、動揺こそしていたものの、不思議と恐怖はなかった。

むしろ、現れてくれないのではないかという不安が解消されたことに、少しほっとしていた。

おそらく、現れた霊の姿があまりに曖昧だったことが、恐怖心を緩めた大きな要因だろう。

そもそも、強い気配を持ちながらも姿が霧のようにぼんやりした霊なんて、これまでの調査を思い返しても、近いものが思い当たらなかった。

もし、これがイギリスに出る霊にありがちな特徴だとするなら、精霊のように扱われるのも無理はないと澪は思う。

現に、重々しい気配さえなければ、ゆらゆらと動く姿は幻想的ですらあった。

やがて、次郎が言った通りに、霊はゆっくりと階段を下りはじめる。

澪はリアムに目配せし、姿勢を落としたままゆっくり渡り廊下を進んだ。

『澪、この先に設置したカメラは温度が検知できないから、居場所の判断は完全に目視になる。お札の効果を信用しすぎず、見失わないよう慎重に距離を詰めろよ』

「了解です」

『霊の感情の機微は、気配で察してくれ』

「……努力します」

ずいぶん難しい注文だが、霊の正体がオリヴィアかどうかを確認するという最大の目的を果たすためには、可能な限り接近して姿を確認しつつ、目的を探る必要がある。

澪は霊の姿を目で追いながら、音を立てないよう慎重に階段を下りた。

そして、ようやく一階まで下りると、澪は手摺りの陰に隠れたまま、玄関ホールをぐるりと見回す。

しかし、吹き抜けの窓から差し込む月明かりのせいで、霊の姿はさっき以上に見辛い。

「どうしよう、見失いそう……。リアムはどうですか……？」

尋ねたものの、リアムも曖昧に首をかしげた。

「僕もかなり厳しいかも……」

おそらく、見え方は澪と変わらないのだろう。

ただ、重々しい気配だけは依然としてあり、むしろ、みるみる濃さを増しているような感覚があった。——そのとき。

『カメラ越しだと、ほぼノイズと変わらない程度だが、かろうじて場所が把握できる。……今は、ダイニングキッチンの入口あたりで動きを止めたままだ』

次郎からの報告で、澪はほっと胸を撫で下ろした。

そして、早速、澪たちの位置から玄関ホールを挟んで向かい側にある、ダイニングキッチンの入口に目を凝らす。

すると、確かに、うっすらと人形の影が見えた。

澪は今度こそ見失わないようにと、リアムを手招きしながら月明かりの届かない玄関ホールの奥側へ移動し、蓄音機が置かれたチェストの陰に隠れる。

距離的にはさっきとさほど変わらないが、澪の目論見通り、霊の姿はいくぶん見易くなった。

「視えました……。このまま、ダイニングキッチンに移動するんでしょうか」

『いや、……今のところ動く気配はない』

「立ち止まって、なにをしてるんだろう……。もっと近寄ってみますか？」

『いや、……待て』

「え？」

『様子が妙だ』

「妙ってなにが——」

言い終えないうちに、背筋がゾッと冷えた。

あまりにも突然、霊の纏う気配が、禍々しく変化したからだ。

それと同時に、澪はふと、お札を仕舞っているポケットからじわりと熱を覚える。

なにごとかとお札を引っ張り出してみると、それは突如大きな炎を上げ、あっという間に半分が灰と散った。

「なんっ……！」

澪はたちまち混乱し、慌ててお札を振って炎を払う。

火はすぐに消えたものの、ただ、こうなってしまえば効果が期待できないことは明らかだった。

「じ、次郎さん……、お札が急に燃えて……、どうすれば……」

澪は慌てて次郎に報告する。

けれど、次郎からの返事はなく、むしろ、イヤホンからは小さなノイズひとつ聞こえなかった。

どうやら通信が途切れてしまったらしいと察した瞬間、一気に不安が込み上げてくる。

――そのとき。

「ミオ、危ない……！」

リアムに腕を強く引かれ、澪はふたたび階段の下まで連れ戻された。

振り返ると、たった今まで澪たちが隠れていたチェストの周囲から、霊が纏っていた重苦しい気配が伝わってくる。

お札が燃えたことですっかり動揺していたけれど、あんなに間近まで霊が接近していたのだと知り、澪の背筋がゾッと冷えた。

「リアム、すみません……、リアムがいなかったら、今頃私……」

想像しただけで恐ろしく、心臓が激しく鼓動した。

リアムは額にじっとりと汗を滲ませながらも、首を横に振る。

「無事なんだから、怖いことを考えるのはやめよう。それに、澪の後ろに隠れてたお陰か、僕のお札はまだ無事みたいだ。お互い様だね」

「リアム……」

「だけど、さすがに危険な感じがするから、一旦戻って出直そう」

「そう、ですね……」

冷静なリアムのお陰でわずかに落ち着きを取り戻した澪は、小さく頷く。——しかし。

『グル……』

突如マメが姿を現し、激しく威嚇をはじめた。

「マメ……？」

途端に嫌な予感がしたものの、もはや確認している余裕はなく、澪はリアムと顔を見合わせ、ゆっくりと後退りながら階段に足をかける。——瞬間、凍える程の冷気に包まれ、ドクンと心臓が揺れた。

『ワンワン！　ワン！』

マメの鳴き声が響き渡る中、澪は辺りを見回し、思わず息を呑む。

澪が目にしていたのは、玄関ホールの奥からゆっくりと接近してくる、人形の、なにか。

頭ではさっきの霊だとわかっているものの、霧のように曖昧だったはずの姿はコールタールのように暗く重く澱んでいて、なにより、これまでと比較にならないくらいの禍々しい気配を放っていた。

「なに……、あれ……」

澪は恐怖で身動きが取れず、その場で硬直する。

一方、霊はゆらゆらとした動きで澪たちに接近しながら、――突如、目をカッと大きく見開き、澪をまっすぐに捉えた。

眼球には青黒い血管がびっしりと走り、小さく萎縮した瞳は、どろりと濁った緑色をしている。

あまりの不気味な視線に、澪はしばらく呼吸すら忘れた。

「ミオ……！」

我に返ったのは、ふたたびリアムに腕を引かれた瞬間のこと。

リアムは迫る霊をなんとか躱しながら、澪を庇うようにして玄関ホールに倒れ込んだ。

慌てて体を起こして振り返ると、さっきまで澪たちがいた場所で、黒い澱みが蠢く様子が見える。

「ミ、ミオ……、気をしっかり……。あんなのに捕まったらどうなるか……！」

いつもなら危険な霊すらエンタメ感覚で楽しむリアムも、今ばかりは余裕を失っていた。

澪は、助けられてばかりの不甲斐ない自分を必死に奮い立たせ、リアムの腕を引いて立ち上がらせる。

そして、ひとまずこの場から脱出すべきだと、玄関へ向かって走り、扉のドアノブを摑んだ——ものの。

どんなにノブを回しても、戸はビクともしなかった。

これもおそらく霊障だろうと、たちまち額に嫌な汗が滲む。

それと同時に、次郎たちからまったく音沙汰がないことから、おそらく拠点の戸も閉ざされているのだろうと澪は推測した。

だとすれば、応接室やダイニングキッチンへ続く戸も開かない可能性が高い。

とはいえ、階段は今霊に塞がれているため、澪たちに残された逃げ道は、もうひとつもなかった。

「どうしよう……」

一瞬途方に暮れたものの、しかし諦めるわけにはいかず、澪はなかば勢い任せにリアムの腕を引き、玄関ホールの奥へ向かうと、ふたたびチェストの裏に身を隠す。

そして、リアムの手からお札を拝借し、チェストの天板に貼った。

少しでも結界の効果があればという咄嗟の思い付きだったが、一時凌ぎにしかならないことはわかっていた。

また霊が迫ってきたときは、澪が持っていたお札のように脆く燃えてしまうのだろうと。

だとしても、今の澪には、たとえわずかであっても考える時間が必要だった。

澪は脱出する方法を必死に頭に巡らせながら、おそるおそる階段の様子を窺う。

しかし、さっきまで階段の下にいたはずの霊の姿は、すでにそこにはなかった。

とはいえ、周辺に漂う濃密な気配から、まだ近くにいることは確実であり、澪は、足元で辺りを警戒しているマメを抱き上げ、息を潜める。

かたや、リアムは落ち着かない様子で玄関ホールを見回していた。

「ミオ、少し静かになったみたいだけど、さっきの霊はどこに行ったんだろう……」

「わかりません……。ただ、ここにいても見つかるのは時間の問題ですし、隙を見て二階に移動した方がいいかも……。階段にはもういないみたいですし……」

「確かに、二階に行けばジローたちもいるしね……。ただ、霊の居場所と動きを把握せずに動くのは怖いな……。できるだけ確実に逃げ道を確保したいし……」

「そうなんですけど、居場所が……」

強い気配があるのに姿が見えないという状況は、なおのこと不気味だった。

しかも、肌を刺すような冷たい空気が、澪たちの不安をさらに煽る。

追い詰められた状況だからこそ慎重になるべきだとわかっているものの、お札があとどれくらい持つかすらわからない中、気持ちは焦る一方だった。

「やっぱり、強引にでも移動を急いだ方が……」

結局、それ以外に方法がなく、澪は背後のリアムにそう伝える。

リアムは少し不安げだったけれど、やがて小さく頷いてみせた。

「そうだよね……。そのお札まで燃えちゃったらもっと追い込まれるし、今なら、タイミングだけはこっちで決められるしね……」

「ですね……。なら、気配が少しでも弱まったときを見計らっ……」

「――ミオ」

ふいに言葉を遮られ、たちまち嫌な予感が込み上げる。

リアムの声色がおかしいとわかっていながらも、振り返るのは勇気が必要だった。

少しでも平常心を保とうと深く吐いた息が、辺りに白く広がる。

それと同時に、頭上から体が凍りつく程の禍々しい気配を感じた。

『グルル……』

腕の中で唸るマメを強く抱きしめ、澪はおそるおそる上に視線を向ける。――そのとき、顔面にひやりと冷たいものが触れ、澪の視界を阻んだ。

「っ……」

悲鳴は声にならず、振り払おうと手を伸ばしたものの、それは離れるどころか指の間にびっしりと絡み付く。

澪はたちまちパニックを起こし、慌てて手を引っ込めた。

それと同時に伝わってきたのは、指に絡まったなにかが、ブチブチと嫌な音を立てて千切れる感触。

澪は手に絡んだなにかをおそるおそる確認する。そして。

「これって……、髪の毛……」

その正体を理解するやいなや、恐怖で背筋が凍り付いた。

嫌な予感が一気に膨らむ中、澪はふたたび視線を上に向ける。――瞬間、どろりと濁った深い緑色の瞳に、まっすぐに捉えられた。

澪との距離は、ほんの五十センチ程。ここまで近付いてもなお、両目以外は澱みに覆われはっきり見えない。ただ、人を象った細い体が、チェストの上から身を乗り出すようにして、澪を睨みつけていた。

「ミ、ミオ……」

リアムの震える声が響いたけれど、澪に返事をする余裕はなかった。

少しでも気を抜けば魂ごと絡み取られてしまいそうな張り詰めた状況の中、澪は緑色の瞳から目を逸らさず、そこに滾る混沌とした感情を探る。

もっとも強く伝わってくるのは、酷く刺々しい苛立ち。

それは、これまでに何度も対峙してきた、ひたすら無念や怒りを訴えてくる霊とはどこか毛色が違い、澪は小さな違和感を覚えた。

「……あなたの、目的は、なんですか……」

言葉は通じないとわかっていながら、つい疑問が口から零れる。

当然ながら返事はなく、むしろ反応ひとつない。

「あなたは、オリヴィアさん、ですか……？」

名前を出してみたものの結果は変わらず、いかにも対話をする気がないという雰囲気が伝わってきた。

そのとき、リアムが澪の腕にそっと触れる。

「ミオ……、とにかく今は、逃げよう……。僕が腕を引くから……、そしたら、階段まで走って……？」

必死に震えを抑えたリアムの声で、澪は途端に我に返り、自分が置かれている状況を思い出した。

霊から感じ取れた奇妙な感情につい気を取られてしまっていたけれど、確かに、今は逃げることを最優先に考えるべきだったと。

澪は霊から目を逸らさず、ゆっくりと頷く。

「わかり、ました……。リアムのタイミングに、任せます……」

しかし、――そのとき。

「ミオ……！」

突如、リアムが悲鳴のような声を上げたかと思うと、頭に強い衝撃を受け、視界がぐにゃりと歪(ゆが)んだ。

なにが起きたのかまったくわからないまま、目の前の光景が、まるでスローモーションのようにゆっくりと流れはじめる。

視界に映っていたのは、自分の頭から飛び散る血と、床に叩(たた)きつけられて壊れる蓄音機。

あれはチェストの上に飾ってあったものだと呆然(ぼうぜん)と考えながら、――これはポルターガイストだと、おそらく蓄音機が動き出して澪に直撃したのだと、ようやく理解していた。

途端に頭に強い痛みを自覚し、意識が遠退(とおの)いていく。

ただ、この状況でリアムを一人にできないという強い思いが、かろうじて澪の意識を繋(つな)ぎ止めていた。

澪は最後の気力を振り絞ってチェストの上のお札を剝(は)がし取ると、その手を霊に向けて思いきり突っ込む。

それは、ついこの間、伊原や高木と学校の調査をしたときに無意識にやった、悪霊に対して明確な効果が得られた方法だった。

今回の霊にお札があまり通じないことは承知だが、澪は天に祈るような気持ちで、お札を握る手に力を込める。

しかし、――結局その結果を確認することができないまま、澪の意識はプツリと途切れてしまった。


目を覚ましたのは、主寝室のベッドの上。

頭がゆっくりと覚醒していく中、顔に寄り添って眠るマメの寝息を聞きながら、どうやら自分は無事だったらしいと、澪は呆然と考えていた。

カーテンの隙間から差し込む強い日差しから察するに、おそらく、もう昼近いのだろう。

ずいぶん長く眠ってしまったと、澪はゆっくりと上半身を起こす。――瞬間、額に鈍い痛みが走った。

咄嗟に手を伸ばすと、指先に触れたのは、ガーゼの感触。

「そういえば、怪我したんだっけ……」

思考はまだ曖昧だが、意識を飛ばす直前の光景は、すぐに思い出すことができた。

指に絡みつく髪、チェストの上から睨みつける緑色の瞳、さらにポルターガイストと、なにもかもがホラー映画さながらの異常な体験だったからだ。

いっそ夢を疑いたいくらいだが、額の鈍い痛みが、記憶のすべてが現実であることを物語っていた。

澪はベッドの横にあるドレッサーに身を乗り出し、ガーゼをめくって傷の程度を確認する。

血が飛び散る光景が目に焼き付いていただけに不安だったけれど、ガーゼの下にあったのは、二センチ程度の細い傷痕。

想像よりもずっと軽傷で、澪はほっと息をつく。――そのとき。

「ミオ……！」

突如部屋の戸が開き、リアムが慌てた様子で駆け寄ってきたかと思うと、ベッドの横に膝を突いて澪の手を両手で握った。

「よかった……！　目を覚まさなかったらどうしようかと思ったよ……！」

目を潤ませながらサラリと物騒なことを言うリアムに、澪は苦笑いを浮かべる。

「そんなまさか……。怪我も全然たいしたことないですし……」

「たいしたことあるよ！　女の子がこんな……」

「だ、大丈夫ですって、こんなの数日で消えますから。それより、リアムはあの後大丈夫だったんですか……？」

澪としては正直、自分の怪我よりも、意識を失った後のことの方がよほど気がかりだった。

するとリアムはようやく澪の手を離し、ベッドに腰掛けて眉間に皺を寄せる。

「あの後は……、まあ、大丈夫だったんだけど……」

「けど……？」

「えっと……、僕にはなにがどうなったのかよくわからないから、見たままを説明すると、……消えたんだよね、急に」

「消えた……？」

「うん。なんの前触れもなく、突然。……夜が明けたからじゃないかって、ジローが」

「あのとき、もうそんな時間でしたっけ……？」

「時間は多分、四時半くらいかな。日の出が早い季節とはいえ、外はまだ全然暗かったから、ちょっと不思議なんだけど……」

「夜が明けたから、消えた……」

実際、日本でも、霊が動きを見せるのはほとんどの場合夜に限られる。

ただ、明るくもないのに朝だから消えたという推測には、少し違和感があった。

結界をあっさり突破し、ポルターガイストを起こして大暴れしていた霊が、それだけの理由で突如おとなしくなるものだろうかと。

しかし、現段階では、他に納得のいく理由が思い当たらなかった。

そのとき、開いたままの戸から、ふいに晃が顔を出す。

「澪ちゃん、起きてたんだね。体は平気？」

「晃くん……！　心配かけてごめんね。全然大丈夫だよ」

「本当に？　部長さんが、起きたら病院に連れて行くって言ってたけど」

「え、いいよ、そんなの。この程度で病院に行くなんて、逆に肩身が狭いし」

「……まあ、そう言うなら澪ちゃんに任せるよ」

「本当に平気。ありがとう」

お礼を言うと晃は頷き、しかしすぐに申し訳なさそうに視線を落とした。

「……ってか、ごめんね。澪ちゃんたちが危険なときになにもできなくて。急に拠点に霊障が起きて、寒いしドアは開かないし、聞いてた話と全然違うから、すっかりパニック状態だったんだ。初日はただの様子見のつもりだったのに、なにもかも想定外すぎて……」

「やっぱり、拠点にも霊障が起きてたんだ……。確かに、ずいぶん攻撃的な霊だったよね。最初はともかく、こっちに気付かれた瞬間に気配が豹変したっていうか……」

改めて夜のことを思い返すと、玄関ホールを逃げ回ったときの緊張感までもが鮮明に蘇り、澪の背筋がゾッと冷える。

すると、晃がなにかを思い出したように、ふたたび顔を上げた。

「そうだ、部長さんがそこらへんのことを詳しく聞きたがってたんだった。ただでさえカメラの画角が広めだったから、はっきり映ってなくて。体が平気なら、これから応接室に下りてこれる？　昨日起きた一連の出来事を整理しておきたいし」

「うん、わかった。……って、応接室？　拠点じゃなくて？」

「そう、応接室。実は朝っぱらからサイラスさんが来てるんだ。調査が終わるまでホテルにいるって言ってたくせに、霊の正体が気になって居てもたってもいられないみたい」

晃はそう言って可笑しそうに笑い、逆にリアムは天井を仰ぐ。

「ミオ……、ごめんね。適当にあしらってくれていいから……」

リアムはそう言うが、自らのホテル事業に今後の人生を懸けているサイラスの心情を思うと、あしらおうという気持ちにはならなかった。

「いいですよ、報告するくらい。あんなに怖がりなのに足を運んでくれたんだから、同席してもらいましょう。……とはいえ、まだ霊の正体がわかっていないので、なんだか申し訳ないですが……」

「そんなの全然気にしないで。ミオ、ありがとう。君は本当に心が広いな……」

「そ、そんなことは」

いちいち褒めてくれるリアムに困惑しながら、澪はひとまずベッドから立ち上がり、大きく伸びをする。

幸い、体に痛いところはなく、気力もすっかり回復していた。

「では、私は支度をしてから行くので、リアムは晃くんと先に応接室に行っててください」

「了解。ミオは元気だったって、取り急ぎジローに伝えておくね」

二人が出て行った後、澪はひとまず昨日のままだった服を着替える。

普段の泊まりがけの調査では自分の身なりのことなど構っていられないが、サイラスが同席するとなるとそういうわけにはいかず、急いで洗面所へ向かった。

しかし、一階に下りてすぐ、床に放置された蓄音機が目に入り、澪は思わず足を止める。

「さすがに弁償かも……」

近寄ってみると、音が出るラッパ部分は根本が大きく曲がり、本体の横板には亀裂が入っていた。

いったいいくらするのだろうと、澪は深い溜め息をつく。――そのとき。

「Mio, what's worng?」

背後から突如名を呼ばれ、振り返ると今やって来たらしいハリーの姿があった。

澪は慌てて翻訳機をオンにし、それから深々と頭を下げる。

『す、すみません……！　実は、昨日の調査中にこれを壊してしまいまして……』

青ざめる澪を前に、ハリーは一瞬ポカンとした後、小さく笑い声を零した。

『いやいや、大丈夫だから謝らないで。これはもう何十年も前に壊れていて、今や、ただのオブジェなんだ』

『で、ですが、こんなにボロボロに……』

『この程度なら、子供たちがいた頃に何度もあったよ。お陰で私は修理が得意になってしまった。もっとも、直せるのは見た目だけだけれど』

『ハリー……』

『ミオ、そんな顔をする必要はない。……それよりも、君は怪我をしているようだが、大丈夫かい？　もしかして、調査中に……』

『あ、……え、えっと、調査中の怪我なのは確かなんですけど、ただ私の不注意でぶつけちゃっただけで……！』

『本当に？』

『もちろん！　私はそそっかしいので、いつも怪我が多くて……』

誤魔化したのは、咄嗟の判断だった。

霊の正体がオリヴィアではないと明言できない今、ハリーを徒に不安にさせるようなことはできるだけ避けたかったからだ。

つい昨日、見たままを話すと言っただけに良心の呵責はあったけれど、不注意でぶつかったという言い方も一応嘘ではないと、澪は自分に言い聞かせる。

『そ、それよりハリー、調査の途中経過を聞きにいらしたんですよね？　皆、応接室に集まってますよ。サイラスさんも』

『そうか、ありがとう。……じゃあミオ、またあとで』

『はい！』

澪はハリーが応接室へ入っていくのを見届け、ぐったりと脱力する。

そして、第六にサイラスにハリーにと、それぞれの思いが交錯する中で行う報告会を想像し、軽い眩暈を覚えた。

「まぁ仕方ないか……、みんな、真剣だし」

ひとり言を零すと、マメが足元に寄り添いぱたんと尻尾を振る。

お陰でわずかに気持ちが緩み、澪はマメを連れて洗面所へ向かうと、冷たい水で顔を洗って気合いを入れ直した。

『――オリヴィアの瞳の色も、深いグリーンだったな』

その後、昨晩からの一連の出来事を報告し終えた澪に、ハリーは第一声、そう言った。

『グ、グリーンアイなんて、別に珍しくもないでしょう？』

部屋がしんと静まり返る中、慌てて口を開いたのはサイラス。

サイラスによると、イギリス人の瞳の色は青に次いで緑が多いということだが、多数派であろうと共通点であることに変わりはなく、霊の正体がオリヴィアである確率が上がったのは紛れもない事実だった。

『ミオ、他になにか気付いたことはなかったかい？』

妙に居心地の悪い空気の中、ハリーから続けて向けられた問いに、澪は改めて記憶を辿る。

『瞳以外は、ほとんどわかりませんでした……。あ、でも、髪は長かったです。それも、手に絡まったときの感覚では、かなり。多分ですけど、胸の下あたりまではあるんじゃないかと……』

『髪の色は？』

『辺りが暗かったのでよくわかりませんでしたが、傍にいたリアムのブロンドよりは暗かったような気がします。明るめのブラウンという感じでしょうか……』

『オリヴィアはまさに、ライトブラウンのロングヘアーだよ』

『……………』

ふたたび、部屋が静まり返る。

サイラスもまた、さっきと同様に慌てて口を挟んだ。

『ライトブラウンのロングヘアーだって、どこにでもいますよ……』

平然を装ってはいるが、目は動揺で揺れており、より居たたまれない空気が流れる。

澪もまた、少しずつ答え合わせをしていくようなこの流れに、なんとも言えない緊張感を覚えていた。

いっそオリヴィアの写真を見せてもらいたいところだが、どうやらハリーにその気はないようで、今日に関しては「忘れた」という言い訳すらない。

次郎もまた、昨日晃が言った「試されている」という言葉を改めて確信したのだろう、写真については話題にすら出さなかった。——そのとき。

『まぁ、まだ決めつける段階じゃなくない？　髪や瞳で判断するんだったら、僕ら要らないじゃん。昨日は想定外のことばっかりで上手くいかなかったし、もう少し気長に待ってよ』

軽い口調でそう言ったのは、晃。

お陰で張り詰めていた空気がわずかに緩み、ハリーも柔らかい笑みを浮かべた。

『確かにその通りだね。結論を急いでいるつもりはなかったけれど、そう聞こえたなら申し訳なかった。オリヴィアのこととなると、つい気持ちがはやってしまって』

ハリーはそう言うと、ソファから立ち上がる。

『もうお帰りですか……？』

澪が尋ねると、ハリーは頷き、それからふと瞳を揺らした。

『ところでミオ、オリヴィアは……いや、君が視た霊は、怒っていたかい？』

なにかのついでのような問いだったけれど、澪は思わず動揺する。

『その、……た、多分』

さすがにこの局面で嘘をつくわけにはいかず、躊躇い勝ちに頷くと、ハリーはふいに手を伸ばし、触れるか触れないかくらいの優しい仕草で澪の髪をそっと撫でた。

『……ごめんよ』

ほんの一瞬だけ傷に向けられた視線で、澪は『ごめんよ』の意味を理解する。

それと同時に、どうやら玄関ホールで咄嗟に口にした誤魔化しは、無意味だったらしいと察した。

なんだか胸が痛み、澪はハリーの手を取ると、支えながら玄関ホールへ向かう。――そして。

『私はまだ、信じてますから』

込み上げるように呟くと、ハリーは微笑みを浮かべ、しかしわずかに視線を落とした。

『ああ、君が信じている限りは、私も。彼女がこの家で一人寂しく彷徨っているなんて、考えただけで辛い。胸が潰れそうだ』

苦しげな呟きに、澪は黙って頷く。

ただ、「一人寂しく」と聞いた瞬間、ふと、昨晩の出来事が頭を過った。

『あ……、そういえば私、昨晩子供たちの残留思念に遭遇して、声を聞きました』

『残留思念？』

『はい。霊じゃなくて、感情のかけらみたいなものです。あまりにも楽しかったり悲しかったりすると、その感情だけが独立して、残っちゃうんだとか。ただ、すごく特殊な現象らしくて、視たり聴いたりできるのは私だけなんですけど……。でも、屋敷の中はとても賑やかでしたよ』

『……ほう』

『だから、本当に本当に万が一の話ですけど、霊がオリヴィアさんだったとしても、一人寂しくってことはないかもしれないなって。まあ、昨日は、霊と入れ違いに子供の声は消えちゃったんですけど』

『そうか。もちろん万が一だけれど、霊がオリヴィアだったとしたら……、子供たちの声を聞けば、少しは癒されたろうにね』

『そう思います』

『救いになったよ。ありがとう』

『……いえ』

ハリーはさっきよりも幾分明るい表情で玄関を出ると、澪に手を振って屋敷を去って行った。

ただ、残された澪は、「子供たちの声を聞けば、少しは癒されたろうにね」というハリーのなにげない言葉に、小さな違和感を覚えていた。

澪が思い出していたのは、あまりにもプツリと止んだ、子供たちの声。

「入れ違い……っていうより、まるで逃げたみたいな……」

改めて考えてみると、子供たちの残留思念が去るのと、霊が現れたタイミングが、あまりにも合いすぎていたような気がしてならなかった。――そのとき。

「澪、どうした」

ふいに名を呼ばれて振り返ると、次郎と目が合う。

「す、すみません……、ついぼーっと考えごとを。すぐ戻ります」

なかなか戻らないことを心配したのだろうと慌てて足を踏み出したものの、次郎はふいに澪の前に手を掲げ、それを制した。

「いや、それより、逃げたっていうのはどういう意味だ？」

「え？……ああ、昨晩の、子供の残留思念のことです。急に消えたと思ったらすぐに霊が出てきたので、まるで逃げたみたいだったなって……。考えすぎだとは思うんですけど」

「ちなみに、それをハリーに伝えたのか？」

「いえ……、入れ違いだったって話はしましたけど、逃げたとまでは。でも、もし逃げたんだとしたら、霊の正体がオリヴィアさんだっていう可能性が下がりますよね。だって、オリヴィアさんは子供たちに懐かれてたわけですし。ハリーに言ってあげればよかったかも」

「いや、……言うな」

「え？」

「逆に、オリヴィアだった場合の闇が深すぎる。オリヴィアの人格についての情報源がハリーのみだという話、覚えてるだろ」

「…………」

その瞬間に思い出したのは、昨日次郎と交わした会話。

次郎はおそらく、オリヴィアの人格が、ハリーから聞いた情報とはまったく違う可能性を考えているのだろう。

「ですが、ハリーが嘘をついてるようには……」

「なら、たとえばオリヴィアが極端な二面性を持っていた場合は？……仕事漬けだった上にオリヴィアに心酔していた当時のハリーには、気付けなかった可能性もある」

「で、でも、オリヴィアさん自身の希望で慈善事業を始めたんでしょう……？　いくらなんでも、子供たちが怯えて逃げる程の裏の面があったなんて……」

「俺もそう思いたいが、人間は複雑な生き物だ。情報が少ない以上、可能性は広く想定しておいた方がいい。……ただ、もしその説が当たっていたとしても、唯一残留思念が視えるお前が黙ってさえいれば、ハリーの耳に入ることはない。だから、隠せることも隠せなくなる前に、不用意な発言は控えろよ」

確かに次郎の言う通りだと、澪は思う。

そして、すべての事実が判明するまでは、発言にもっと慎重にならなければならないと、改めて自分に言い聞かせた。

「……わかりました」

頷くと、次郎は玄関の方へと戻りながら、うんざりした様子で肩をすくめる。

「ちなみに、応接室の方も面倒なことになってるから、覚悟して戻ってくれ」

「面倒なこと？」

「サイラスだ。霊がオリヴィアだと決めつけて不安になり、オリヴィアが落ち着くよう説得しろと言い出した」

「…………」

その短い報告だけで、サイラスがリアムに詰め寄る光景が容易に想像でき、澪は途端に頭痛を覚えた。

「……なんだか、今回は生きた人間の方にややこしい問題が多いですね……。霊を待ってるときの方がむしろ気楽かも……」

思わず本音をぼやくと、次郎が小さく笑った。

「同感だ。……ただ、気楽は言い過ぎだろう。怪我には気をつけろよ」

「あ、これは……、すみません、昨日はちょっと、パニックで……」

「謝るな、むしろ俺の誤算だ。……ただ、次は万全を期す」

「次郎さん……？」

「戻るぞ。改めて今日の打ち合わせをしたい」

「わ、わかりました」

いつになく熱を感じる次郎の様子に戸惑いつつ、澪は頷きその後を追う。

応接室では、さっき澪が想像した通りの光景が繰り広げられていた。

『――リアム頼むよ、教えてくれ……！　オリヴィアを納得させるにはなにが必要なんだい……？　高名なミディアムでも珍しい呪具でも、どんな手を使ってもすぐに用意するから……！』

『サイラス、だから一旦落ち着いてってば！　まだ調査を始めたばかりだし、霊の正体がオリヴィアだっていう結論はまだ出てないんだよ……？　そもそも、グリーンアイにライトブラウンのロングヘアーなんていくらでもいるって、ついさっき自分で言ってたじゃないか……』

『ハリーの手前さっきはそう言ったが、オリヴィアと同じ特徴を持ってこの屋敷に現れてるんだぞ……？　それ以外に考えられないだろう……！』

二人のやり取りを聞きながら、澪は天井を仰ぐ。

一方、晃は心底楽しそうにその様子を携帯で撮影していた。

「澪ちゃん見て、うける。超カオスな兄弟喧嘩」

「全然うけないいんだけど」

「サイラスさん、不安すぎて混乱してるみたい」

「……見たらわかるよ」

頷くと、サイラスはようやく澪の存在に気付いたのか、即座に澪に矛先を変えた。

『そうだ、君は霊と会話できるってリアムから聞いているんだけど、なんとか説得してもらえないかい……？　もちろん報酬は上乗せするから……！』

『あ、あの、そもそも、霊がオリヴィアさんだった場合は、ここをホテルにするのは諦めるって聞いていたんですが……』

『それは……！　だって、本当にオリヴィアだっていう証拠が出るなんて思ってなかったから……』

『証拠なんて出てないですし、それはこれからの調査で明らかに……』

『君はさっきの会話を聞いてたんだろう？　十中八九間違いない！』

『そ、そんなこと……！』

『彼女はきっと怒ってるんだ。家を売ろうとしているハリーにだけじゃなく、改装をはじめた私のことも！　だから、なんとかして説得を……！』

『ちょっ……、待っ……』

『――時間が勿体(もったい)ないので、一旦お静かに』

場が混沌(こんとん)を極める寸前で割って入ったのは、次郎。

次郎は身を乗り出したサイラスをさりげなく椅子に押し返すと、なにごともなかったようにパソコンを開いた。

『これから打ち合わせをして、今後の対策を練ります。ご同席いただいても構いませんが、方針に口を出されるおつもりでしたら、ご遠慮いただけますか』

『……いや、そんなつもりは』

『では、始めても？　ちなみに、昨晩撮った霊の映像もこれから確認しますが、大丈夫ですか？』

『映像……？　う、映ってるのかい？　霊が？』

『ええ。人物の特定はできませんが』

『……出直すよ』

サイラスは青ざめ、バタバタと応接室を後にした。

やがて玄関が閉まる音が響くと、リアムが申し訳なさそうに俯く。

「ごめんよ、迷惑かけて。普段はもうちょっと話の通じる人なんだけど、気が小さいから、追い詰められると我を忘れるところがあるんだ……。彼は兄弟の中で一番父に怯えているし……」

かたや、晃はさっき携帯で撮った喧嘩の動画を見返しながら、なんでもないことのように笑った。

「別に気にしないよ。悪い人じゃなさそうだし、なんか面白かったし」

「面白い？……サイラスが？」

「うん、素直っていうか正直っていうか、とにかくわかりやすいところが。泣きそうになったり青ざめたり、漫画のキャラみたいで」

「そう、かなあ」

リアムは納得がいっていない様子だったけれど、サイラスを悪い人じゃなさそうだと言った晃の言葉には、喜んでいるように見えた。

なんだかんだいっても仲が良いのだろうと澪は思う。

そんな中、次郎はパソコンのディスプレイを澪たちの方に向けると、昨晩撮影した映像を表示させ、再生ボタンを押した。

「まずは映像の確認から始めるが、これは、霊が現れたときの廊下の様子だ」

見れば、廊下を広角で映した映像の端に、突如、ぼんやりと霧のようなものが浮かび上がる。

それはゆっくりと移動し、間もなく階段を下りはじめた。

その直後に後を追う澪とリアムの姿が映し出され、次郎が玄関ホールのカメラに映像を切り替えると、今度はダイニングキッチンの入口前に、ぽつりと佇む霊の姿が映る。

「このときまでは、大人しそうな霊に見えたんだよねー。拠点から様子を窺ってた僕らも油断してたし」

晃の言う通り、改めて映像でその姿を確認してみても、あまり危険そうな雰囲気はない。しかし。

「……でも、豹変するんだよ、いきなり」

その発言を境に、霧のように儚く見えた霊の姿が一気に真っ黒に澱んだ。

映像には激しいノイズが走り、途切れ途切れになる中、澪とリアムが玄関ホールを逃げ惑う姿が映る。

その後、画面の端で蓄音機がふわりと浮き上がり、同時に映像がプツンと途切れた。

以降、映像が復帰することはなく、カウンターだけが進んでいく。

こうして俯瞰して見るとあまりにも壮絶で、次郎が停止ボタンを押すまで、澪は身動きが取れなかった。

「こうして映像で見ると、完全にホラー映画ですね……」

思いついたままの感想を口にした澪に、リアムが苦笑いを浮かべる。

「現場にいても、十分ホラー映画だったよ」

「あのときは混乱して、状況に付いていけてなくて……」

「確かに、逃げることに必死だったからね」

「……リアムには、本当に助けられました」

一連の出来事を冷静に思い返すことで、リアムが一緒で良かったと、澪は改めて痛感していた。

もし単独で調査をしていたなら、この程度の怪我では済まなかっただろうと。

しかし、ぶり返す恐怖に怯える澪を他所に、晃があっけらかんと笑った。

「でも、リアムは近くで視られて嬉しかったんじゃない？」

いかにも晃らしい能天気な発言に、リアムは困ったように眉を顰める。

「いや、待ってよ……、僕は霊という存在に神秘を求めているだけで、なんでもいいってわけじゃないんだ。危険な霊がいることも、ミオたちのお陰でよくわかってるし」

「そっか。生粋の心霊マニアは、ああいう場面こそテンションが上がるのかと」

「僕はそこまで変人じゃないよ……」

「またまた」

いつも通りの戯れ合いが始まり、すっかり慣れている次郎が綺麗に無視する中、澪の緊張は少しだけ緩んでいた。

ただ、結果的に初日の調査でわかったことはあまりなく、悩ましい問題は山積みだった。

中でももっとも頭が痛いのは、豹変した後の霊の凶暴性。

澪は玄関ホールの映像を最初に戻し、霊が黒い澱みに変化したあたりを繰り返し再生させる。

「急に豹変した理由は、やっぱり私たちの存在に気付いたからですよね……」

呟くと、次郎は険しい表情を浮かべ、曖昧に頷いてみせた。

「おそらく。……だとすれば、目的を知られたくないんだろうな」

「つまり、霊が行こうとしていた場所になにか秘密を隠してるとか、ですか……？」

「まあ、屋敷に対する愛着云々の話よりは、その方が納得感がある。……が、死んでもなお気にかける程に重要なものを、他人の家に隠すか？」

「それは……」

次郎の意味深な言い方で、澪の心臓が不安に鳴り始めた。

というのは、この屋敷は賃貸物件であり、ほとんどの人間にとっては「他人の家」。

そこに当てはまらない人物は、ハリーとオリヴィア以外にいない。

次郎の問いを否定した途端に、霊の正体がオリヴィアである可能性を肯定してしまう気がして、澪は咄嗟に口を噤んだ。

しかし、次郎はさらに言葉を続ける。

「これまでは隠せたものが、隠せなくなる。……その理由が屋敷の売却に関連しているとすれば、交渉を始めた途端に現れた理由にも納得がいく。……さっきのサイラスの極論も、あながち否定できないな」

「あの霊はやっぱりオリヴィアさんだって言いたいんですか……？」

「あくまで仮定の話だ。ともかく、情報が足りなすぎる。調査を続けるしかない」

「…………」

次郎はそう言うが、澪としては、徐々に望まない結論に近付いているような気がして、戸惑いが隠しきれなかった。

次郎はそんな澪の心を見透かすかのように、小さく溜め息をつく。

「ただし、……最悪の場合は、説得するという手もなくはない。サイラスにホテルを諦める気がないとわかった以上、この件はいずれにしろ、正体が判明して終わりってわけにはいかないだろう。……つまり、望まない結末だったとしても、まったく救いがないとは言い切れない。今はあまり考えすぎるな」

「ですが……」

「もっとも、あれだけ暴れる霊を相手に説得となると、そう簡単な話じゃないが。……正直、その点は対話を得意とするお前の力量次第だ。俺らにはどうしようもない」

それは、聞きようによっては突き放しているようにも取れる言葉だった。

ただ、その一方で、自分次第でなんとでもなると、逆に背中を押されたような感覚もあった。

「そうですよね……。そもそも、真実を知らないことにはどうにもなりませんしね。……じゃあ、早速今夜の計画を立てましょう」

姿勢を正すと、しばらく黙って聞いていた晃が可笑しそうに笑った。

「なんかよくわかんないんだけど、落ち込んだりやる気出したり、情緒が忙しいね」

「……晃くん、そんなことより、今日は玄関ホールにカメラをたくさん置いてほしいんだけど」

「はいはい、了解。早速準備してくるね。リアム、手伝って」

「もちろん！」

すぐ顔に出る澪の様子がよほど面白かったのだろう、晃は笑いながら立ち上がり、ひらひらと手を振る。

しかし、応接室を出ていく寸前、なにかを思い出したように立ち止まった。

「あ、そうだ澪ちゃん、拠点の場所が変わったから、間違えないように」

「変わったの？　どうして？」

「霊障で戸が開かなくなったでしょ？　だから、今日は最初から開けっぱなしにしておきたくて。でもこれまでの拠点は霊が現れた場所の真ん前だから、渡り廊下を挟んで逆側の奥の部屋に移ったの」

「なるほど、そういう……」

「そう。だから後で確認しておいて」

晃はそう言い残すと、今度こそ応接室を後にする。

考えてみれば打ち合わせはずいぶん短く、どうやら、拠点のことも含め、自分が寝ている間にすでに様々な話し合いが進んでいたらしいと澪は察した。

そんな中、次郎がパソコンを閉じて立ち上がり、澪に手招きをする。

「澪、玄関ホールに結界を張るから手伝ってくれ」

「は、はい！……あ、だけど、お札はあまり効かなくて……」

「わかってる。……が、日本ならともかく、アウェイな環境にいる以上新たに打てる対策は限られる。あまり効かないなら、数で勝負するしかない」

そう言って次郎が澪に見せたのは、大量のお札の束。

その分厚さを見て、まさに言葉通り数で勝負する気なのだと、次郎にしては珍しい力業に、澪は目を見開く。

ただ、単純な発想ながらも、たった二枚のお札でもなんとか切り抜けた初日のことを考えると、不思議なくらいに安心感があった。

次郎はお札を手に玄関ホールへ行くと、まずは、階段下のスペースへ向かう。

見れば、そこには幅一メートル程のチェストが四台、ずらりと集められていた。

いつの間にと驚きつつ、ふと澪の目に留まったのは、表面に貼られた大量のシール。

「次郎さん、これって子供部屋の……」

尋ねると、次郎はなんでもないことのように首を縦に振った。

「ああ。運んできた」

「二階から、わざわざですか？」

「他の家具は全部アンティークで重い。簡単に動かせそうなものはこれくらいしかなかったからな」

「でも、どうしてここに」

「コレを玄関ホールの四隅に配置して、霊から死角になる場所を作る」

「……なるほど。そういう……」

澪が納得すると、次郎は早速一台のチェストを部屋の隅へと動かし、シールの上からお札を貼り付けはじめる。

ポップなシールの上にお札がずらりと並ぶ様相はかなり異様だが、そこから次郎の強い警戒心が伝わってくるような気がした。

「澪、見てないでチェストを運んでくれ」

「あ、はい、すぐに……！」

「たいして重くはないが、抱えずに引きずって運べよ。傷に響く」

「そんな、響く程の傷では……」

「いいから」

　サラリと気遣われ、澪は思わず動揺する。

　なにせ、普段次郎がくれる優しさは、もっとずっとわかり辛いからだ。

　ただ、その理由が澪の怪我にあることは、これまでの付き合いの長さからなんとなく想像がついた。

　同時に、これ以上心配をかけてはならないと身が引き締まるような思いがし、澪は気合いを入れ直してチェストを運ぶ。

「次郎さん、全部並べました！　次はどうします？」

　しかし、張り切って指示を仰ぐ澪を他所に、次郎はお札を貼る手を止めずに二階を指差した。

「後は俺がやる。お前は一旦拠点を確認しておいてくれ」

「え、もういいんですか？　私だけずっと寝てて、なんにもしてませんけど……」

「お前のメインの仕事は夜だろ」

「そう、ですけど」

　それはモニターをチェックする次郎たちも同じではないかと思いつつ、心配をかけてしまった引け目もあり、澪は渋々二階へ向かう。

　そして、ひとまず言われた通り拠点を確認しておこうと、晃の説明を思い返しながら廊下を右方向へ進んだ。――瞬間、目の前の光景に、澪は思わず目を見開いた。

「え……、戸が……」

何度も見た廊下で明らかに異彩を放っていたのは、無造作に廊下に立てかけられた、大きな戸。

そのさらに奥には、ポカンと入口が開いたままの部屋が見える。

なにごとかと駆け寄ると、中には晃とリアムがいて、機材の準備をしていた。

「ね、ねえ、これ……」

動揺で上手く言葉が出ない中、晃がふと顔を上げ、いたずらっぽく笑う。

「ああ、戸でしょ？　最初は厳重に結界を張ろうって言ってたんだけど、いっそ外した方が確実だって言い出してさ。だから、たった今リアムと取っ払ったの」

「……言い出したって、次郎さんが？」

「当然。まあ、霊障で開かなくなったときは危うく戸を破壊しかねない勢いだったし、実際それで椅子を一脚破壊しちゃってるからさ。これ以上物を壊すくらいなら、この方が賢明だなって」

「……破壊しかねない勢い？」

「うん。霊の動きが想定をはるかに超えてたことに、かなり焦ってたよ。澪ちゃんたちが危険な目に遭ってるのに、助けに行けなかったしね。……戸を外したのは、その思いの表れでしょ」

「そんなの、次郎さんのせいじゃ……！」

「そうなんだけど、まあ、いいじゃん。どうせなに言っても聞かないんだから。多分、やれる対策は全部やっておきたいんだよ」

晃の言葉でふと思い出したのは、「次は万全を期す」と話していたときの、次郎の様子。

声にも言い方にもやけに熱が籠っているように感じたけれど、玄関ホールの厳重な結界にしろ拠点の戸にしろ、こういうことだったのかと、澪は今になって腹落ちしていた。

「私がちょっと怪我したせいで、こんな大変なことに……」

ぽつりと呟くと、晃が困ったように笑う。

「だって、あの大きな蓄音機が当たったんだよ？　かすり傷で済むなんて普通じゃないって。丈夫すぎて逆に怖いよ」

「……悪口だよね？」

「いやいや、どう考えても褒め言葉でしょ。ちなみに部長さんいわく、蓄音機には修繕の跡がいっぱいあって、そもそも脆かったんだろうって。すぐに壊れてくれたお陰で、衝撃が少なく済んだのかもね」

「そういえば、さっきハリーが何度も修理したって言ってた」

「やっぱり？　本当にラッキーだったね。まあ、頭の堅さも運も実力のうちだよ」

晃の言葉はいつも通り軽いが、ラッキーだったという表現には澪も同感だった。

霊に追い詰められたときはもう万策尽きていたし、怪我の軽さだけでなく、澪が意識を失った後すぐに姿を消したという話も、まさに幸運でしかなかったと。

ただ、その件に関して、澪の中でまだ釈然としていない部分もあった。

「……あの霊、なんで急に消えたんだろう」

ぽつりと呟くと、カメラを触っていた晃がふと手を止める。

「朝になったからって理由じゃ、納得いかないみたいだね」

「せめて、外が明るくなってたならまだわかるんだけど」

「それは確かに。夜明けをどうやって判断したんだって話だよね。……ま、それもまだ仮説だから」

「……そうだけど」

「ともかく、今後の調査でいろいろわかるといいよね。なにせ、他にもまだまだ謎だらけだから」

確かに晃の言う通りだと、澪は黙って俯く。

決して途方に暮れているわけではなく、そのときの澪は、謎のひとつでも判明すれば一気に点と点が繋がりそうな、小さな予感のようなものを覚えていた。

「……頑張ろう」

澪はひとり言のように呟き、拠点を後にする。

そして、いつもとは勝手が違う中で多くの準備をしてくれている皆のためにも、今日はなんらかの成果をあげなければと強く思った。

『――苛立ってる、か』

「はい。……やり場のない恨みや怒りを抱えてるっていうよりは、なんだか、神経を尖らせてるっていうか。すごくイライラしてるような感じがしたので」

その日の夜。

昨晩と同様、澪はリアムと主寝室で待機したもののなかなか反応がなく、そんな中で話題になったのは、昨日の霊の様子。

一日経って改めて思い返せば、昨日現れた霊は、これまで澪が遭遇してきた様々な霊たちと比べてなにかが根本的に違うように思えてならなかった。

『だからこそ、お前らの気配に逆上したんだろう』

「目的を邪魔されたから……、って感じですよね」

『おそらく。ただし、死んでいる以上目的が達成されることはない。焦りを抱えたまま日々彷徨ってるというところか』

「……なにも解消されずに延々繰り返すって部分は、日本の霊と一緒ですね」

『そもそも、霊とはそういう存在だからな』

結局、どの国の霊であろうと、哀しい存在であることに違いはないらしいと澪は思う。

――そのとき、廊下の方からふと、昨晩と同じ子供の笑い声が響いた。

「次郎さん、また子供の声が……」

『映像にはやはり反応がない。残留思念だな』

「様子を見に行きますか？」

『いや、部屋で待機してくれ。今日は昨日以上に慎重に動きたい』

「……そうでした」

次郎がそう言うのも無理はなく、霊の目的を知るためには、昨日と同じ展開は絶対に避けなければならない。

次郎が厳重に結界を張り、安全地帯を準備してくれたのは、そのためでもある。

澪はつい先走ってしまいそうになる気持ちを、無理やり落ち着かせる。

そんな中、廊下では楽しそうな笑い声が徐々に大きくなり、やがて走り回る足音が響きはじめた。

不思議だが微笑ましく、緊張がふわりと緩む。

「本当に、楽しそう……」

なかば無意識に呟くと、リアムが羨ましそうに澪を見つめた。

「そんなに楽しそうなんだ？……なんだか、ここで笑って過ごしてたって思うとほっとするね。皆それぞれ、辛い生い立ちがあるはずなのに」

「本当に。……こんな声を聞いちゃうと、私にはやっぱり……」

オリヴィアだとは思えないと言いかけ、澪は口を噤む。

それに関してはもう何度も自問自答してきたし、今まさに、それを確かめるための調査の最中だからだ。

　とにかく自分の目で見たものだけを受け入れようと、澪は廊下の様子に集中する。——そのとき。

　突如、ピタリと笑い声が止み、それと入れ替わるかのように重々しい気配を覚えた。

　昨日とまったく同じ状況に、どうやら霊が現れたらしいと澪は察する。

　同時に、イヤホンから晃の声が届いた。

『澪ちゃん、廊下の温度が下がりはじめたよ』

「……うん。気配もある」

『でも、まだ追わないで。昨日と同じなら霧みたいなものが映るはずだし、それを映像で追って、一階に下りたら合図を出すから』

「わかった」

　澪は頷き、しかしただ待つというのも落ち着かず、戸に張り付いて廊下に聞き耳を立てる。

　しかし廊下は異様なまでにしんと静まり返っていて、澪を真似て横に並んだリアムにも、なにかを聞いたような反応はなかった。

　ただ、戸の隙間から入ってくる冷気は氷のように冷たく、体が徐々に震えはじめる。

　そして。

「ねえミオ……、昨日より霊障が強い気がしない？」

た。

まさに思っていたままのことをリアムが口にし、澪は頷きながら、強い不安を覚えた。

昨日以上に気配が強いとなれば、見つかったが最後、今度こそ無事では済まないだろうと。しかし。

『澪、リアム、霊が一階に下りたぞ』

気持ちが萎縮したタイミングで次郎の声が届き、澪は肩をビクッと揺らした。

「は、……はい！」

『どうした』

「……い、いえ。大丈夫です、行きます」

澪は一度ゆっくりと息を吐き、立ち上がってドアノブに手をかける。――そのとき。

『……大丈夫だ。今日は、なにがあっても絶対に助ける』

次郎がふと、まるで澪の不安を見透かしているかのような言葉を口にした。

「…………」

『澪？』

正直、別に大丈夫だと、心配いらないと強がることもできた。

けれど、心強い言葉に心がつい絆され、気付けば意思に反して頷いていた。

「ありがとうございます。……実は、ちょっとだけ不安に呑まれそうになってたんですけど、……なんか、復活しました」

自分で思っていた以上に素直な言葉が零れ、横にいたリアムが驚いた表情を浮かべる。

「恐怖に呑まれるなんて、ミオでもそんなことあるの？」

「そんなの、しょっちゅうですが……」

「嘘でしょ？　知り合ったときから、僕はミオの逞しい姿しか見たことがないけど」

「さすがに言い過ぎです」

『でもまあ、そう見えるよね。とくにここ最近の澪ちゃんの行動力は、ちょっと異常だったし。調査中にいきなり霊にキレたりとか』

突如晃が会話に割って入り、しかもその内容には心当たりがありすぎて、澪は思わず口を噤んだ。

頭を過るのは、前に晃たちと行った学校の調査でのこと。

澪はあの日、霊に対して怒りを爆発させ、結果的に外に追い払うことに成功した。

あの出来事は、ある種、自分の秘めた可能性を知るひとつのキッカケになったものの、明らかに様子がおかしかった澪を晃が心配していたと、後に次郎から聞かされている。

「だ、大丈夫、今日は冷静でいるよう気を付けるから。それより、早く追わないと見失っちゃう……」

あまり心配かけまいと、澪はひとまずその話題を流し、廊下へと足を踏み出した。

そして、音を立てないようゆっくりと階段へ向かう。

先に部屋を出ていたマメが、渡り廊下から階下を見下ろし、澪たちの方を振り返って一度尻尾を振った。

どうやら霊の姿を確認したらしいと、澪は姿勢を低くしてマメのもとへ進み、手摺りの隙間から下を見下ろす。

すると、玄関ホールの中央あたりに、霧のように漂う霊の姿が見えた。

それはゆらゆらと動きながら、昨日と同様にダイニングキッチンの入口の方へと向かっていく。

「……視えました。一階に下りますね」

『すぐに結界の中に入れよ』

「わかってます」

澪は頷き、リアムと目を見合わせて、ゆっくりと階段を下りた。

そして、次郎が結界を張った四台のチェストのうち、もっとも近いものの裏に隠れる。

よく見れば、お札はチェストの周囲の床にもぐるりと一周貼られていて、おまけに脚はガムテープで簡易的に固定されていた。

おそらく、万が一また霊に見つかってしまったときのための、ポルターガイスト対策なのだろう。

想像していた以上の厳重な準備に驚きつつ、澪はチェストの横からそっと顔を出し、霊の動きを確認した。

しかし、霊は相変わらず白い霧状のまま、今もなお、ダイニングキッチンの入口前に佇んでいる。

不気味ではあるが、今のところ昨日のような禍々しさはなく、澪たちの存在に気付いているような素振りもなかった。

澪は固唾を呑んで、その姿をひたすら観察する。

すると、しばらくの膠着の後、霊はようやく動きはじめ、ついにダイニングキッチンへ向かってゆらりと動きだした。――しかし。

その瞬間、チェストに貼られたお札の一枚が、突如、細く煙を上げはじめる。

同時に霊はピタリと動きを止め、ゆっくりと振り返った。

澪は慌ててチェストの裏に隠れ、息を潜める。

「じ、次郎さん……、お札が……」

『慌てるな』

「で、でも」

込み上げる緊張から、声が大きく震えた。

一方、次郎は落ち着いた様子で、言葉を続ける。

『結界に限界があるのは想定済みだ。だからこそ、大量に貼ってあるだろ』

「だけど、霊が動きを止めて……」

『だとしても、今のところは異常な霊障も、昨日のような気配の変化もない。おそらく、違和感を覚えた程度で、お前らの存在にはまだ気付いていないんだろう。ここには残留思念も多いし、静かにしていればやり過ごせる』

「……わかり、ました」

『もっとも、想定よりもリミットが短かそうなのは気になるな。……そこら辺は、お札の残数で見極めてくれ』

「了解です……。とりあえず、粘ってみます」

澪は頷き、ふたたび霊の方に視線を向ける。

霊の姿はまだ霧状を保っていて、次郎が言った通り、特に変化は感じられなかった。

ただ、その静かな気配の奥からは、かすかな苛立ちが伝わってくる。

「まだ豹変してないのに、なんだか、イライラしてます……」

『今の状態ですでに苛立ってるなら、それは霊が潜在的に持っている感情だろう』

「ってことは、昨日は私たちに苛立ってたわけじゃないってことですか？」

『ないことはないだろうが、他にも理由があるのかもしれない』

「霊が苛立つ他の理由……」

考えてはみたものの、現状の少ない手がかりでは想像もつかず、澪は一旦諦めて引き続き霊の様子を窺った。

すると、霊はようやく動き出し、ダイニングキッチンに続く戸をするりと擦り抜ける。

「次郎さん……」

『ああ、視えてる。ダイニングキッチンのテーブルに結界を張ってあるから、指示したら追ってくれ』

「わかりました。……というか、結界なんていつの間に」

『ダイニングキッチンの方を気にしてることは、昨日の動きから明らかだっただろう』

確かにその通りだが、これだけの厳重な結界を別の部屋にまで張ったとなると、驚きを隠せなかった。そして。

『澪。……霊が奥へ向かった』

想像よりもずっと早い次郎からの指示で、澪はリアムと一緒にゆっくりと玄関ホールを移動し、ダイニングキッチンの戸をそっと開ける。――しかし。

『……待て！』

次郎の叫び声が聞こえたのと、緑色の目に射貫かれたのは、ほぼ同時だった。

もはや、あえて誘い込まれたとしか思えないくらいのタイミングに、澪の頭は真っ白になる。

しかし、そうこうしている間にも、霊の姿はみるみる黒く澱んでいった。

「リ、リアム……、結界まで、下がってください……」

震える声で伝えると、リアムも危険を察したのだろう、澪の腕を勢いよく引き、即座にもっとも近いチェストの裏へと身を隠した。

心臓がバクバクと鼓動を速める中、ダイニングキッチンの方からは、酷く禍々しい気配が流れ込んでくる。

それに反応するかのように、チェストに貼られたお札の一枚が、チリ、と音を立てて炎を上げた。

「また、お札が……」

不安が一気に込み上げる中、それはあっという間に灰になったかと思うと、立て続けに両隣のお札が煙を上げはじめる。

おそらく、勢いよく膨張しはじめた霊の気配に耐えられないのだろう。

目の前で次々とお札が灰になっていく光景にすっかり混乱した澪は、ただ呆然とそれを眺めていることしかできなかった。

しかし、そのとき。

『わかっていたつもりだったが……、奴は気配に怖ろしく聡いな。……警戒心があまりにも強すぎる』

次郎の冷静な声が聞こえ、澪はふと我に返る。

そして、通信がまだ生きていたことに、心底ほっとしていた。

霊の気配が変化した時点で絶望一色だった心が、わずかに回復する。

「気配は、明らかに変わりました、けど……、まだ、見つかってはないってことでしょうか……」

『おそらく。……まさに今、探しているんだろう』

「ってことは……、今日もまた霊の目的がわからないんじゃ……」

『いいから、今は隠れてろ。……ほとぼりが冷めたら、また動き出すかもしれない』

「……わかり、ました」

　澪は頷き、みるみる数を減らしていくお札にハラハラしながら、黙って様子を見守る。

　すると、間もなくダイニングキッチンの方から、気配を真っ黒に澱ませた霊が、ゆらりと姿を現した。

　同時に、チェストの周囲に貼られていた数枚のお札が一気に炎を上げる。

　視界が一瞬赤く染まり、心は一気に焦りと恐怖に支配された。

「っ……」

　思わず悲鳴を上げそうになり、澪は慌てて口を押さえる。

　すると、リアムが突如、澪の腕を引いた。

「リアム……？」

「ミオ、お札は持ってるよね……？」

「持ってます、けど……」

「だったら、これ以上接近してくる前に別のチェストに移動しよう……。ここはもう、もたない」

　もたないという言葉で、全身がスッと冷える。

　ただ、改めて周囲を確認してみると、まさにリアムの言う通り、澪たちが隠れているチェストの周辺に、無傷のお札はもう半分もなかった。

　もはや迷っている暇などなく、澪は気持ちを奮い立たせて頷く。

「そ、そうですね……、行きましょう……」

「じゃあ、タイミングを合わせよう。僕が合図するから」

「……お願い、します」

「了解。……行くよ。3……2……」

　リアムが1と口にした瞬間、澪たちは一気に隣のチェストへ向かった。

　ほんの数メートルの距離だが、切羽詰まった状況のせいかずいぶん遠く感じられ、心臓がドクドクと大きく鼓動した。――そのとき。

『ワン！』

　マメの鳴き声が響き、咄嗟(とっさ)に声の方に視線を向けると、霊の真正面で威嚇する、マメの姿が見えた。

「マメ……！」

「ミオちゃん、早く！」

「でも……！」

「マメは霊の意識を逸らしてくれてるんだよ……！　きっとすぐ戻るから！」

全身から血の気が引いていく中、確かに、いかにもマメがやりそうなことだと、澪は密かに納得していた。

本音を言えば今すぐにでも止めさせたかったけれど、マメの行動を無下にはできず、澪はチェストの裏で身を屈める。

すると、リアムの予想通り、程なくしてマメは澪の前にふわりと姿を現した。

おそらく、澪たちが移動を終えたことを確認し、逃げてきたのだろう。

「マメ……！　びっくりさせないで……！」

澪はどっと脱力し、マメを抱き寄せる。

その存在を両手で確かめながら唐突に思い出したのは、成仏などしないでほしいと、ずっと一緒にいようと伝えた日のこと。

酷く身勝手なお願いだというのに、マメはそんな澪の思いを受け入れてくれた。

だからこそ、澪には、今後万が一にでもマメと離れ離れになることがあるなら、マメにとって幸せな理由でなければならないという、強い思いがあった。

「本当に、心臓が止まるかと思った……」

澪は深い溜め息をつき、ようやくマメの体を解放する。

そして、改めて周囲を確認すると、マメを見失った霊は刺々しい苛立ちをさらに膨らませながら、ふたたびゆっくりと動きはじめた。

向かっているのは、澪たちがさっきまでいたチェストの方向。

どうやら、澪たちが移動したことには気付いていないらしいと、澪は胸を撫で下ろす。

――しかし、そのとき。

辺りに突如、ピシ、と不穏な音が響いた。

今のは霊障だと理解するやいなや、イヤホンに激しいノイズが走り、同時に晃の声が届く。

『ミオちゃん、温……が、……に、下がっ……』

「晃くん……？」

『きの……ずっと……』

内容は上手く聞き取れなかったけれど、その声には強い焦りが滲んでいた。

言い知れない恐怖が込み上げる中、澪はふたたび玄関ホールに視線を向ける。――瞬間、隣のチェストの上に乗り上がって裏側を覗き込む、霊の姿が目に入った。

「結界が……、完全に崩れてる……」

思わず零れた呟きの通り、隣のチェストの結界は明らかに機能しておらず、ついさっきまであの場所にいたと思うと全身に震えが走る。

そんな中、霊は強い怒りを露わにチェストから離れ、髪を大きく乱しながら辺りを彷徨いはじめた。

おそらく、なんらかの気配を察していながらも姿が見当たらないことで、さらに苛立っているのだろう。

「あんなのに見つかったら終わりだよ……」

そう呟くリアムの声は、珍しく震えていた。

澪もすでに心が折れかけていて、今日はもう失敗だと、見つかる前に撤退すべきだという考えが頭を過(よぎ)る。

しかし。

玄関ホールをひたすら彷徨う霊が、窓から差し込む月明かりの下を通過した、ほんの一瞬、——澪は、小さな違和感を覚えた。

「あの……、リアム……」

「え……？」

「霊が月明かりに照らされる瞬間を、見ていてもらえますか……？」

「つ、月……？」

リアムは明らかに混乱していたけれど、澪の様子からなにかを感じ取ったのか、躊躇(ためら)いがちにチェストの裏から霊の様子を窺(うかが)う。

そして、ふたたび霊が窓の下に差し掛かると、大きく瞳(ひとみ)を揺らした。

「……月明かりの下だと澱(よど)みが薄くなって、……ほんの一瞬だけど、元の姿が見える気がする」

澪が覚えた違和感とは、まさにリアムの言葉の通り。

ただし、伝えたかったのはそれだけではなかった。

「……髪の色を、見てほしいんです」

「髪……？」

「はい」

頷くと、リアムは戸惑いながらもふたたび霊に視線を向ける。――そして。

「……ライトブラウンじゃ、ない」

澪の期待通りの言葉を口にした。

「やっぱり、そうですよね……？」

「正確な色はわからないけど、もっとずっと暗い気がする……。あまり光が透けていないし……」

かなり曖昧ではあるものの、それは、初めて見つけた、オリヴィアであることを否定できる特徴だった。

この緊迫した状況の最中、澪の気持ちがわずかに昂る。

『澪、他に……か、特徴は……』

即座にイヤホンから途切れ途切れの次郎の声が届き、澪はふたたび霊に視線を向けた。

ただ、霊は時折月明かりの下を通過するものの、この距離感ではそれ以上の特徴を見定めることができなかった。

「それ以上は、よく……」

『了解。近寄ろ……んて、考え……なよ』

「わかりました。でも、髪の色がオリヴィアさんとは違うって、今日の収穫としては十分ですよね……？」

『ああ。ハリーが信じ……かどうかは別だが』

「それは……」

　確かに次郎の言う通りで、澪の気持ちがスッと凪いだ。一度ライトブラウンだと言ってしまった手前、急に意見を変えたところで信じてもらえない可能性もあると。

　やはり情報が足りないと、澪は視線を落とす。――そのとき。

　突如、澪たちが隠れるチェストに貼られたのお札が、チリ、と炎を上げた。

　ふと気付けば、髪の色の話をしている短い間にも霊の気配はより禍々しさを増していて、慌てて周囲を見回すと、残り二箇所の結界からも細く煙が上がっていた。

「大変……」

　全身から一気に血の気が引き、これ以上この場所にいては危険だと、澪は咄嗟にポケットからお札を取り出す。

　ただし、霊が苛立ちを露わに彷徨い歩いている今、二階へ向かうのはどう考えても無謀だった。

　とはいえ、このまま待っていたところで、間もなく結界が崩れてしまうことは避けられない。

追い詰められた途端に昨日の恐怖が頭を過り、澪は震える指先をぎゅっと握り込んだ。

「どう、すれば……」

『澪』

呟くと、すぐに次郎の声が返ってきて、澪はわずかに落ち着きを取り戻す。――しかし。

『落ち着いて聞け。今から――』

すべてを聴き終える前に通信がついにブツリと途切れ、それと同時に、チェストのお札が一気に炎を上げた。

これまでにない熱と巻き上がった風に大きく煽られ、澪とリアムは成す術なく背後の壁に衝突する。

慌てて体を起こしたけれど、リアムは頭をぶつけたのか、そのままぐったりと動かなくなってしまった。

「リアム……！」

叫ぶと同時に、背後を氷のような気配が覆う。

振り返らずとも、状況が絶望的であることは明らかだった。

『ワン！　ワンワン！』

マメが激しく威嚇する中、澪はリアムの体を床に寝かせ、覚悟を決めてゆっくりと振り返る。――瞬間、ごく間近から、怒りを湛えた緑の瞳が澪をまっすぐに射貫いた。

あっという間に、心を絶望が埋め尽くしていく。

しかし、澪はそれと並行してじりじりと込み上げてくる、憤りの存在にも気付いていた。

「どう、して……」

通じないとわかっていながら、口から勝手に言葉が零れる。

「どうしてそんなに……、苛ついて、いるんですか……。屋敷を、こんなに、ボロボロに、して……」

当然ながら、霊に反応はない。

それどころか、霊はさらに澪との距離を詰め、額が触れそうな位置まで迫ると、澪の首に向けてゆっくりと両手を伸ばした。

氷のように冷たい感触が全身を突き抜ける中、玄関ホールには、お札が焦げる嫌な匂いが充満していく。

もはや呼吸もままならず、思考が徐々にぼんやりしていく中、澪は無理やり意識を繋ぎ止めながら、お札を握った手を弱々しくも霊の方へ伸ばした。

そして、――その手がかろうじて霊に触れた、ほんの一瞬。

霊が纏う澱みの一部がサッと流れ落ち、突如、澪の正面に青白い肌が浮かび上がった。

さらに、少しつり上がった細い目に薄い唇と、印象的な顔のパーツが露わになる。

しかしそれもすぐに澱みで覆われ、かと思えば握ったお札が突如激しい熱を放ち、澪の手の中で灰になった。

さすがにもう終わりだと、澪は固く目を閉じ、体の力を抜く。――そのとき。

「澪！」

辺りによく知る声が響き渡ったかと思うと、ふいに、冷え切っていた体が温かい体温に包まれた。

すでに目を開ける気力すらなかったけれど、ふわりと漂った香りから、これは次郎だと察する。

「次郎、さん……、本当に、助けに……」

「喋(しゃべ)るな。奴は間もなく消える。このまま少しだけ耐えろ」

「消え……る……？」

「そろそろ、奴が昨日不自然に消えた時間だ」

昨日と同じとは限らないのではと呆然(ぼうぜん)と考えながらも、次郎が言うと妙に説得力があり、澪は黙って頷(うなず)く。

ただ、改めて周囲の気配に集中してみると、さっきまで辺りに充満していた禍々しさが、やや薄まっているような気がした。

そのとき、――ふと、どこからともなく、かすかな子供の笑い声が響く。

「なんか……、こど……もの……」

「澪……？」

しかし結局それを伝えることができないまま、澪の意識はプツリと途切れてしまった。

目を覚ましたのは、昼をとうに回った頃。

思考が動き出すと同時に朝方の出来事が頭を過り、澪はガバッと体を起こした。

どうやらまた主寝室に運ばれたようだが、気絶したはずのリアムの姿はない。

呆然としていると、傍に寄り添っていたマメが首をかしげた。

『クゥン』

「マメ……、リアムは……」

おそるおそる尋ねると、マメは心配ないとでも言わんばかりにふわりと尻尾を振る。

しかし居ても立ってもいられず、澪は急いでベッドから下りて主寝室を出た。

しかし、その勢いも、一階に下りた途端にスッと収まる。

なぜなら、玄関ホールは、燃えたお札の残骸が散乱する、惨状と化していたからだ。

よく見れば、床やチェストにはいくつもの焦げ跡が確認できた。

「こんなにボロボロに……」

あまりのショックに放心していると、ふいに応接室の戸が開き、晃が顔を出す。

「澪ちゃん！」

晃は澪の様子を見て、ほっとしたように笑った。

「晃くん、ごめんね。またこんな時間まで寝ちゃって……」

「いやいや、相当体力を消耗してるだろうし、もっと寝ててもいいくらいだよ。体は平気なの？」

「うん、大丈夫。……それより、リアムは？」

「リアムは全然大丈夫。今は、応接室にいるよ。ちなみに、朝早くからサイラスさんも来てる」

「……そ、そっか」

すでにサイラスが来ていると知り、澪は頭を抱える。

応接室にいるのなら当然この玄関ホールを通ったはずであり、さぞかし震え上がっただろうと。

ただ、それ以上に澪が気になっていたのは、この惨状を目にしたハリーが、オリヴィアの仕業だと考えてしまったときのこと。

想像しただけで、心がぎゅっと締め付けられた。

「ねえ、ハリーはまだ来てないんだよね？」

尋ねると、晃は一度頷いた後、時計を確認する。

「あー、でも、もうすぐ着くんじゃない？　さっきサイラスさんに連絡がきてたし」

「もうすぐ……？」

「うん。どしたの？」

「だったら、急いで片付けないと……！」

「ああ、ここ？　それは大丈夫。だって部長さんがあえて――」

晃が最後まで言い終えないうちに、玄関の戸が開いた。

ドクンと心臓が跳ね、澪はおそるおそる振り返る。すると、そこには予想通りハリーの姿があり、すでに目の前の光景に言葉を失っている様子だった。

「あ、あの……ハリー……」

名を呼んだものの反応はなく、澪は必死に弁解の言葉を考えながら、ポケットから翻訳機を引っ張り出す。

しかしようやく準備ができたときには、ハリーはすでに目を潤ませていた。

『ハリー……』

澪はたまらずハリーの傍に寄り添い、背中を支える。

『これは、その……』

『………』

切ない沈黙に、胸が押しつぶされそうだった。

もはや下手な誤魔化しなど無意味な気がして、澪はハリーの正面に立ち、まっすぐに目を合わせる。──そして。

『ハリー、……これは、オリヴィアさんの仕業じゃ、……ないです』

なかば勢い任せに、そう口走っていた。

もちろん、まだ結論が出てもいないこの段階で言うべきでないと、わかっていた。

それでも、目に涙を溜めて呆然とするハリーを見ていると、言わずにはいられなかった。

『信じてください……、昨日私が視たものを、ちゃんと説明しますから……。初めて、オリヴィアさんじゃないって思えるようなことが、あって……』

『ミオ』

『そ、そう、髪の色が……、髪の色が多分、違っていて……』

『……ミオ』

『か、顔も、少しだけ、見たんですけど……』

『──オリヴィアじゃ、ないよ』

『ハリー、聞い……え？』

思いもしなかった言葉を返され、一瞬、頭が真っ白になった。

ハリーはポカンとする澪を見て、涙を拭いもせず、柔らかい笑みを浮かべる。

『君の言う通りだ。……オリヴィアじゃ、ない』

『……』

正直、澪は混乱していた。

どうしてそう思うのか、この光景を見てなにを感じたのか、聞きたいことは山程あるのに言葉が出ず、澪はハリーを呆然と見つめる。

すると、ハリーは澪の戸惑いを察したのか、玄関ホールを見渡しながら、ふたたび口を開いた。

『なにより、……オリヴィアが屋敷をこんなふうに痛めつけるなんて、ありえない』

『……で、でも』

『彼女は子供がどんなに傷を付けても笑い飛ばしていたし、経年劣化すら愛しいと言っていたけれど、……彼女自身は、この屋敷を子供たちと同じくらい愛し、大切にしていた。……どんなに怒っていても、こんなことをするわけがない。もし私にここを守ってほしいと思っているなら、なおのこと矛盾している』

『ハリー……』

『なんの確証もないけれど、私はそう思った。……だから、次は君の話を聞かせてほしい。君が、オリヴィアじゃないと思った理由を』

ハリーのどこか縋るような視線が、胸に刺さった。

おそらく、オリヴィアではないとはっきり言った気持ちの裏には、そうでなければとてもやりきれないという思いもあるのだろうと澪は思う。

澪はハリーの手を取り、ぎゅっと握った。

『はい。全部、お話しします』

ハリーはようやく涙を拭い、澪の手を握り返す。

そのとき、黙って様子を見ていた晃が、応接室の戸を開けた。

『ちなみにだけど、……心配しなくても、すでにオリヴィアさんじゃない説でいろいろ進んでるよ』

その言葉で、澪とハリーは同時に晃に視線を向ける。

『いろいろ？　どういう意味……？』

『部長さんも、そう判断したってことだよ。だから、ハリーに納得してもらうための根拠のひとつとして、玄関ホールをまんま残してたわけだし。まあ、こっちが説明するまでもなかったみたいだけど』

『根拠と、して……？』

『そう。とにかく、詳しくは中で話そうよ』

そう言われて応接室の中に視線を向けると、まず最初に目に入ったのは、なにかの資料らしきものが散乱したテーブル。

そして、次郎、リアム、サイラスの三人が、それを囲んでなにやら真剣に議論していた。

わけがわからないまま中に入ると、三人の視線が同時に集まる。

『ミオ！……おはよう、体は大丈夫かい？』

『う、うん、全然平気……。ありがとう』

真っ先に心配してくれたリアムに頷き返しながら、澪はひとまずハリーをソファに座らせ、自分も横に座った。

そして、さっきから気になっていた、テーブルの上の資料を手に取る。

しかし、それらはすべて英語で記されており、慌てて翻訳機の読み取り機能を起動させていると、リアムが澪の手からそれをするりと抜き取った。

『ミオ、これは賃貸契約書なんだけど、内容そのものは今関係ないから、翻訳する必要はないよ』

『賃貸契約書……？』

『そう、この屋敷のね。午前中にサイラスがハリーの家に取りに行ってくれたんだけど、実は今――』

『――待て。その件は後だ。ハリーが到着したなら、先に霊の正体の話をしておきたい』

突如、話の途中で次郎が割って入り、澪は戸惑いながらも黙って頷く。

ハリーもまた、「霊の正体」という言葉に反応し、次郎に視線を向けた。

すると、次郎はパソコンのディスプレイを皆の方に向け、動画の再生ボタンを押す。

それはどうやら朝方の玄関ホールでの光景らしく、黒く澱んだ霊の姿と、お札が次々と燃えていく様子が映し出され、即座にサイラスが顔を背けた。

一方、ハリーは身を乗り出して動画を見つめる。

『なんと、恐ろしい……』

視えないハリーにとってはよほど衝撃的だったのだろう。声は少し震えていた。

そんな中、次郎は動画の一部を指差す。

『おわかりでしょうが、この黒く澱んだものが霊です。残念ながら、この状態でははっきりと姿はわかりません。……ただ、この後、ほんの一瞬だけ、霊の纏っている澱みが消えます』

『つまり、姿がわかると……？』

『残念ながら、カメラの角度的に後ろ姿ですが。……しかし、ハリーになら、それでもオリヴィアさんかどうかを見分けることができるのではないかと』

『……なるほど』

『間もなくです』

次郎がそう言った後、動画には、霊が澪に迫るシーンが映し出された。

それは、結界が崩れて窮地に立たされた澪が、苦し紛れにお札を突き出したときの一幕。

あのとき、ほんの束の間ではあったけれど、霊の纏う黒い澱みが消えたことを、澪ははっきりと覚えている。

その様子も記録されていたのかと、澪は固唾を吞んで動画に集中した。

すると、まさに澪の記憶の通り、お札に触れた途端、霊の体の一部から、澱みが剝がれ落ちる。

それと同時に、霊の背中で長い髪が大きく揺れた。

『……これは』

真っ先に声を上げたのは、ハリー。

次郎は動画を一時停止し、霊が映った箇所を拡大させる。

映像は暗く、残念ながら髪の色までは認識できないけれど、頭の形がわかる程に癖のない長い髪は、ある意味特徴的だった。

『どうです？』

次郎が尋ねると、ハリーは我に返ったように瞳を揺らす。――そして。

『別人だ。……この後ろ姿は、オリヴィアじゃない』

はっきりと、そう言い切った。

全員の視線が一気にハリーに集まる中、次郎は少しほっとしたように頷く。

『やはりそうですか。ちなみに、今お見せしたのが、先程も申し上げた、霊の正体がオリヴィアさんではないと納得していただくための、二つ目の〝根拠〟になります』

『……一つ目は、玄関ホールの惨状のことだね。しかし、どうして君は、あれが根拠になると……？』

『おそらく、あなたと同じ発想ではないかと。なにより、この家を守りたいと思う者が、あれ程までに遠慮なく傷つけるのはおかしい。……そもそも、前日に壊された蓄音機が、あなたが何度も修理をしたものだと知った時点で違和感がありましたが』

『……確かに、そうだな』

深く頷くハリーの横で、澪は密かに驚いていた。もしかすると次郎は、澪よりずっと強く、オリヴィアでない可能性を確信していたのではないかと。

そんな中、次郎はさらに言葉を続けた。

『ちなみに、もはや蛇足かもしれませんが、根拠はもうひとつあります』

『もうひとつ……？』

『ええ。先程ご確認いただいた動画の中で、霊の澱みが消えた瞬間、新垣は霊の正面にいます。……澪、霊の顔を見ただろう？』

突然矛先が自分に向き、澪はビクッと肩を揺らす。

『……えっと、ほんの、一瞬ですが』

戸惑いながらも頷くと、ハリーが大きく目を見開いた。

『顔を、見たのか……。特徴は、覚えているかい……？』

『と、特徴は、その……、目つきが鋭くて……、唇が薄くて……』

辿々しく説明しながら、こんな曖昧な情報では根拠になんてならないと、もっと目に焼き付けておくべきだったと、強い後悔が込み上げてくる。

しかし、ハリーは黙って澪の言葉に耳を傾けた後、胸ポケットから一枚の写真を取り出し、澪にそっと差し出した。

『これが、オリヴィアの写真だ。君の記憶と比べてみてほしい』

『……見ても、いいんですか？』

『ああ、構わない』

正直、意外だった。ハリーがこれまで、あえて写真を見せないようにしていたことは明白だったからだ。

澪は戸惑いつつも写真を受け取り、ゆっくりと視線を落とす。

すると、そこに写っていたのは、幼い子供たちに囲まれて笑う、美しい女性。

古い写真だけれど、緩やかにカールしたライトブラウンの長い髪や、目を細めて子供のように笑う表情が、とても印象的だった。

少なくとも、記憶にある霊の顔とはまったく違い、澪は首を横に振る。

『私が視た女性とは、違います……』

そう言うと、ハリーは目を細め、ほっと息をついた。

『……そうか』

『信じていただけるんですか……？　その、……私しか、視(み)ていないのに』

つい不安になって尋ねると、ハリーは困ったように笑う。

『……その様子だとすでにバレているようだから白状するけれど、確かに、最初は少し疑っていた。お察しの通り、写真を見せなかったのもそれが理由だよ。……ただ、もうその必要はない。なにせ、私はすでに、ひとつ目の根拠で十分に納得しているからね』

『玄関ホールの様子で……？』

『ああ。そもそも、私のような視えもしない老人を騙すくらい簡単だろうに、ミオ、……君は会うたびに傷だらけだ。最初から嘘をつく気なら、そこまでする必要などないだろう』

『ハリー……』

『ここに出る霊は、オリヴィアじゃない。私は、君たちが出してくれた結論を信じる。……そして、当初の計画通り、この屋敷は手放すよ』

ハリーがそう言うと同時に、ずっと落ち着きのなかったサイラスが、大きく目を見開いた。

『つ、つまり、契約を進めていただけるということですか？』

『ああ、構わない。……しかし、君は逆にいいのかい？　私が納得したところで、この屋敷に危険な霊が彷徨っていることに違いはないだろう。ホテルにしてしまえば、宿泊客がどんな目に遭うか……』

『――その点に関しては、問題ありません』

サイラスの代わりに答えたのは、次郎。次郎はキョトンとする澪にやや意味ありげな視線を向け、さらに言葉を続けた。

『今朝方、サイラスさんより、調査続行の打診をされています』

『ええ……！』

思わず大きな声が出てしまい、澪は咄嗟に口を押さえる。

ある程度想定済みだったとはいえ、あまりにも展開が早すぎたからだ。

かたや、ハリーはまったく驚くことなく、あっさりと頷く。

『なるほど、そういうことか。霊の正体がオリヴィアでない根拠が三つも揃い、君たちはとっくに先のことを考えていたんだね。私が納得し、売却の話が進むことも想定した上で』

その言葉に、サイラスは額の汗を拭いながら、申し訳なさそうに頷いてみせた。

『すみません、勝手なことを……。ただ、もちろん契約前ですので、第六の皆さんには、ハリーから許可をいただき次第依頼を請けていただくということに……』

『もちろん許可は出すさ。なんなら、今すぐ契約したっていい。私だって、自分が長年管理していた屋敷に出る霊がいったい何者なのか、気になるからね。できれば、引き続き経過を教えてもらいたい』

『も、もちろんそのつもりです……！』

『……となると、サイラスが今朝方〝調査に必要〟と言って持っていった過去の賃貸契約書も、今後の調査のためかい？』

『は、はい……。一刻も早く、調べたいことがありまして……』

ハリーとサイラスがどんどん話を先に進めていく中、澪は会話の内容にまったくついていけず、ただ呆然と二人を見つめていた。

するとリアムがふいに澪の肩を叩き、テーブルの上から契約書を一部手に取ると、サイン欄を澪に向ける。

「オリヴィアさん説が消えた今、霊の正体は、かつてここに住んでた人と関連している可能性が高いでしょ？　だから、過去の入居者たちのことを調べていたんだ」

「それで、契約書を……」

「そう。ちなみに契約書からわかったのは、ここ二十年の間にこの屋敷を契約した四人の入居者の名前と、同居していた家族の構成。逆に言えばそれくらいしかわからないから、サイラスが朝から大急ぎでウェズリー家御用達の調査会社を使って、入居者たちの現在の状況を調べてるところだよ。ちなみにコウと僕は、名前と住んでた年代をもとにSNSの情報を浚ってる」

「す、すみません、私、なにも知らず……」

「なに言ってるの。ミオがいなきゃ、そもそもなにもわかってないんだから。それに、サイラスがなりふり構わず会社の力を使ってるから、僕らの手伝いなんてオマケみたいなものだし」

「そ、そんなこと……」

澪は否定しながらも、ようやく状況が大きく進展した今、サイラスが必死になるのも無理はないと思っていた。

現に、サイラスはハリーと話しながらもずっと落ち着きがなく、突如携帯の着信音が響くやいなや、ビクッと肩を揺らして慌てて応接室を出ていく。

口には出せないが、その様子はウェズリー家の子息やリアムの兄というイメージからかけ離れていて、良い意味で、人間らしさを感じられた。

ともかく、ようやく話の流れを把握した澪は、びっしりと英文の並ぶ契約書をパラパラと捲る。そのとき。

「契約続行の話を勝手に進めて悪かったな」

ふと、次郎が澪に向けてそう呟いた。

「そ、そんなこと……！　というか、私からすれば、目的が変わっただけでやることはたいして変わりませんし……。それに、霊の正体がオリヴィアさんじゃないなら、むしろ気が楽です」

「そうか」

澪の言葉に、次郎はほっとしたように頷く。

それは決して次郎に気遣わせないための建前ではなく、心からの本音だった。

なにより、霊がオリヴィアかもしれないという不安な状況から脱却したことは、精神衛生上かなりのプラスと言える。

オリヴィアじゃないのなら、ここに現れる霊は、ハリーが大切に守ってきた屋敷を傷つける、迷惑な存在に過ぎないからだ。

そんな澪の気持ちを察したのか、晃がニヤニヤと笑った。

「これで遠慮なく調査できるって顔してるね」

「……見透かさないで」

言い方はともかく、澪の心境はまさにその通りだった。

とはいえ、逆に正体がオリヴィアじゃないとわかったことで、悩ましい疑問点もあった。

「……にしても、オリヴィアさんじゃないなら、急に現れた理由が本当に謎だよねぇ」

もっとも引っかかっているのは、まさに晃の嘆きの通り。

屋敷の売却を機に霊が突然現れる理由なんて、想像もつかなかった。

皆も思いは同じなのだろう、応接室に重い沈黙が流れる。――そのとき、電話を終えたサイラスが戻り、ずいぶん険しい表情でソファに座った。

『調査会社から？』

リアムが尋ねると、サイラスは小さく頷く。

『ああ。四人の入居者たちの現在を取り急ぎ調べさせていたんだけど……、まず、出ていったばかりの、四番目に住んでいた家族は全員存命で、ロンドンで普通に暮らしてる。……ただ、最初に住んでいたウォーカー夫妻と、二番目のモリス夫妻の奥さん、それから、三番目に一人で住んでいた作家のミラ・クーパーという女性はすでに亡くなってるらしい。今はそれ以上詳細な情報はないんだけど、……つまり、現時点で、霊の正体の可能性がある人物が三人もいるんだよ……』

『三人も……！』

サイラスの報告を聞き、リアムは目を見開いた。

それも無理はなく、四家族中に候補が三人もいるというのは、かなり多い。これから一人一人の過去を調べるとなると、たとえ優秀な調査会社であっても骨が折れるだろう。

しかし、そのとき。しばらく黙ってパソコンを操作していた次郎が口を開いた。

『ハリー、入居者たちの中に濃い髪色で緑色の瞳をした女性がいたかどうか、覚えていますか？』

その途端、全員の視線が一気にハリーに集中する。

しかし、ハリーは曖昧に首をかしげた。

『引越していったばかりの家族はともかく、昔のこととなると……。そもそも、あまり気を遣わせないようにと、できるだけ関わらないようにしていたから。……ただ、最初に住んでいたウォーカー夫人は、明るいブロンドだったような気がするけれど』

『……なるほど。では一旦ウォーカー夫人は除外しましょう。あとは二番目に住んでいたモリス夫人と、三番目に住んでいた作家のミラ・クーパーさんが候補ということになりますが……、ちなみに、ミラ・クーパーさんは本名で活動を？』

『いや、他にペンネームを持っていたようだが、売れていないから言いたくないと、教えてくれなかった。確かに、あまり余裕があるふうには見えなかったな。相場よりずいぶん安く貸していたんだけれど、たびたび家賃を滞納していたし』

『へー、売れない作家かぁ。じゃ、ペンネームが判明したところで、たいした情報は出て来ないだろうね。今本名の方で検索してるけど、今のところそれっぽい情報はないし……、となると、完全にサイラスさん頼りだわ』

晃の遠慮ない感想に、ハリーは困ったように笑う。

ただ、現に売れない作家でペンネームもわからないとなると検索しようがなく、さらにモリス夫人に関しては、よく聞く苗字(みょうじ)である上に下の名前すら判明していない。

せめて名前から人物が特定できれば、思い残しやこの屋敷で彷徨(さまよ)う理由など、多少は明らかになることも出てきそうなものだが、不可能となると、晃が言った通りサイラスの調査結果に期待するしかなかった。

しかし、そのとき。

『最悪、これ以上の情報が得られなかった場合は、強行手段に出る他ないですね』

そう口にしたのは、次郎。

『強行手段……？』

もっとも早く反応したのは、やはりサイラスだった。

『ええ。前情報がまったくないとなると、実際に視(み)たものから無理やり情報を得る他ありません。……しかし、ここ二日のことから考えても、かなりの危険を伴うことは明らかです。場合によっては、中止の可能性も念頭に入れておいていただけると』

『な……、中止……？』

　中止という言葉を聞いた途端、サイラスは血の気の引いた顔で次郎の方に身を乗り出す。

『つ、つまり、諦めるってことかい……？』

『この屋敷に出る霊はとにかく攻撃的で、新垣はすでに怪我をしています。調査のリスクを減らすためには、やはり霊の怒りの原因を知っておき、効率のよい対策を練る必要がありますが……、人物の特定すらできないとなると』

『待っ……、せ、急かす！　他の調査会社も使って、総動員で調べる！』

　サイラスは目を泳がせながらそう言うと、早速携帯を手に応接室を飛び出して行った。

『……部長さん、わざと煽ったでしょ。ここまで来て止める気なんかないくせに』

　そう言いながら可笑しそうに笑う晃に、次郎は小さく肩をすくめる。

『いや、ないこともない。そもそも、オリヴィアじゃないとわかった時点で成果はひとつ出しているし、効率の悪い調査をダラダラ続けて、余計な怪我を増やしたくない』

「まあ……、ここで起きてることってパニックホラー映画さながらだし、普通に危ないもんね。それに、このままじゃ、澪ちゃんがいつ無茶をしでかすかわからないし」

　晃がニヤニヤしながら付け加えた最後のひと言で、澪は居たたまれず視線を落とす。

するとハリーが心配そうに澪を見つめた。

『……ミオ、君は無理をしているんじゃないのかい？　女の子なのに、擦り傷だらけで』

『い、いえ、全然です！　私は感情で突っ走りがちなので、いつもこうしてからかわれていて……』

『確かに、君は感情が顔にも行動にも出るタイプに見える。……少し、オリヴィアに似ているな』

『私がですか……？』

『彼女も、自分に正直だったからね』

『そうなん、ですね』

驚く澪にハリーは頷き、過去に思いを馳せるように遠い目をする。

霊の正体がオリヴィアじゃないと知りほっとしているかと思いきや、その表情はやけに切なく、なんだか胸が締め付けられた。

『もしかして、……まだ、なにか気になることがあるんじゃないですか？』

気になって尋ねると、ハリーはわずかな沈黙の後、ゆっくりと首を横に振る。

『いいや。オリヴィアが怒っていないと知り、心から安心してるよ。……ただ、だとすれば、彼女は今の私を見てどう思っているのか、少し不安だけれど。霊となり訴えかける力がないだけで、本当は失望しているんじゃないかと、悪い考えばかりが浮かんでくる』

『ハリー……』

　そう語るハリーの気持ちは、わからなくもなかった。もう絶対に知ることができないぶん、余計に不安になってしまうのだろうと。

　ただ、死別して二十年、今もなおオリヴィアの思いを尊重しようとするハリーの姿は、愛情深いと思う一方で、少しもどかしくもあった。

『……現れないってことは、成仏しているってことですよ』

　込み上げたままの思いが口から零れ、ハリーが瞳を揺らす。

　勝手なことを言うべきでないとわかっていながら、一度言い出したが最後、もう止められなかった。

『人は、思い残しがないから成仏できるんです。だから、夢なかばの短い生涯だったかもしれないけど、信頼できるあなたがいるから、安心して浮かばれたんじゃないでしょうか』

『……しかし、私は結果的に、子供たちを守れず……』

『どんな決断であれ、オリヴィアさんはあなたの選択こそ最良だって、信頼していたと思います。だって、ハリーは全力で、オリヴィアさんの希望を叶えたんですから。それに、遺された人に自分のすべてを引き継いでほしいだなんて、そんな大きな負担をかけるようなことを思うでしょうか。……私なら、絶対に思わない』

『ミオ……』

『私がほんの少しでもオリヴィアさんに似ているっていうなら、彼女だって同じことを思うかもしれませんよ』

部屋が静まり返っていることに気付いたのは、最後まで言い切った後のこと。

澪は途端に我に返り、同時に、勝手な想像でオリヴィアの気持ちを代弁してしまったことを後悔した。――しかし。

『……そうかもしれない』

思いもしなかったハリーの反応に、澪は目を見開く。

『す、すみません、さすがに押し付けすぎました……』

慌てて弁明したものの、ハリーは首を横に振った。

『いや、……ありがたかったよ。どうせ、もうオリヴィアから直接思いを聞くことなんてできないんだから、考えたところで永遠に答えなんて出ない。……だが、君の言葉で心が軽くなった』

『ハリー……』

ハリーはそう言うが、長きにわたって積み重ねてきた思いが簡単に整理できるはずなどなく、気を遣ってくれたのだと澪にもわかっていた。

とはいえ、良くも悪くも霊の正体がオリヴィアでなかった以上、今の澪にしてあげられることはない。

もどかしさが解消されず、澪は視線を落とす。

そのとき、突如大きな音を響かせて戸が開き、サイラスが応接室に飛び込んできた。

『ちょっとサイラス……、驚かせないでよ』

即座にリアムが文句を言うが、サイラスはそれを無視し、ずいぶん慌てた様子でハリーに駆け寄る。そして。

『ハリー、……十年くらい前ですが、ここで子供の失踪事件があったこと、覚えていますか……？』

あまりにも衝撃的な言葉を口にし、ハリーはもちろん、そこにいた全員の表情に緊張が走った。

『なに……？　失踪……？』

『ええ、失踪したのは、ここに住んでいた作家、ミラ・クーパーの甥っ子です。たった今調査会社から連絡があり、これが送られてきまして』

そう言ってサイラスがハリーに向けた携帯画面に表示されていたのは、古いニュースの記事。

小さな文字に目を細めるハリーの代わりに、リアムがサイラスの携帯を手に取り、読み上げはじめた。

『――十歳の少年ロニー・クーパーが、叔母の家に滞在中、海へ行くと家を出たきり行方不明……。事件と事故の両面で捜査中だが、失踪から二日経った現在身代金の要求はなく、付近は別荘地で防犯カメラが少ないため、ロニーの行動がわかるような手がかりはなく、目撃者もなし。現在は付近の海を捜索中……』

リアムが読んでいる最中、ハリーの顔からはみるみる血の気が引いていった。やがてすべてを聞き終えると、額に手を当て深く俯く。

『……そういえば、そんなことがあったな……。当時しばらく捜索が続いたがロニーは結局見つからず仕舞いで、誰もが、海に流されてしまったのだろうと噂していた。……そもそも、ミラは人付き合いを嫌う質で、甥っ子をときどき預かっていたことはもちろん、その存在すら誰も、……オーナーの私ですら、知らなかった。そういう事情もあって、……言い方は悪いが、事件そのものも、長くは騒がれなかった。ただ、ミラはその後、子供を一人で海に行かせるなんてと近隣からずいぶん非難を浴びてね。おそらく居辛くなったのだろう、その後すぐに退去した。……もちろん、転居先も聞いていない』

いきなり知らされた未解決事件の話に、しばらく重い沈黙が続いた。

そんな中、晃は自分のパソコンで他の記事を検索しつつ、小さく溜め息をつく。

『まあ、失踪した子の両親からも相当責められたんだろうし、その上近所からも冷ややかな目で見られたらそりゃ居辛くなるよね。……ちなみに、イギリスにも、アメリカみたいに子供を一人にしちゃいけない法律があるの？』

その問いにはハリーがいちはやく反応し、首を横に振った。

『いいや、法律はない。……が、児童虐待防止協会が、十二歳未満の子供を放置すべきでないと提言している。私たちは慈善事業として子供を預かっていたから当然知っていたが、……ミラは単身で、子供もいない。おそらく、認識が薄かったんだろう』

『なるほどね。……で、サイラスさんはなんでこの事件の話を？　ここに出る霊が関係あると思ったってこと？』

晃からのストレートな問いに、サイラスは少し目を泳がせながら曖昧に頷く。

『はっきりとは言い切れないが、未解決の事件だし、もしかしたらと……。たとえば、ミラが当時のことを悔やんでいて、今も甥っ子を捜して彷徨ってるとか……』

『まーありそうな話だよね。でも、澪ちゃんいわく、霊はかなりイライラしてたらしいよ？　実際、超乱暴だし。失踪した子供を捜しながら、そんな感情になる？』

『そ、それは……、なにか特別な事情があったとか……』

サイラスは困惑していたけれど、晃の疑問はもっともだった。自宅で預かるくらい可愛がっていた甥っ子ならば、苛立つのはおかしいと澪も思う。しかし。

『特別な事情、か』

突如、次郎がさも意味ありげにそう呟いた。

『次郎さん……？　なにか、気になりました？』

問いかけたものの、次郎は眉間に皺を寄せて考え込んだまま、返事はない。

その様子に不安を覚えたのか、サイラスが携帯を手に立ち上がった。

『も、もう一度、調査会社に問い合わせてこよう。今、三社が総動員で入居者たちのことを調べてくれているから、また新しい情報を見つけているかも……』

しかし、そんなサイラスの腕を、即座に晃が摑む。

『まあ待って、一回落ち着いて。五分おきに催促されたら、進むものも進まないでしょ』

『し、しかし……』

『うざい依頼主は嫌われるよ？』

『嫌われようがなんだろうが、私の今後の運命が――』

『――いや、新たな情報はいりません』

ようやく次郎が口を開いた瞬間、サイラスがビクッと肩を震わせた。

『そ、それは、どういう……？　まさか、調査を降りるなんて言うんじゃ……』

こわごわ尋ねるサイラスに、次郎は首を横に振る。

『いいえ、調査をするにあたり十分な仮説が立ったという意味です』

『仮説……？』

その言葉に驚いたのは、サイラスだけではなかった。

その場にいた全員の視線が、一気に次郎に集中する。――しかし。

『仮説とは、どんな……、やはりミラ・クーパーが……？』

『それは、言えません』

次郎はサラリとそう言い、サイラスはポカンと口を開けた。

『は……？　なぜ……』

『私が立てた仮説は少々偏っていますし、調査前にあまり先入観を入れたくないので』

『先入観？……まさか、実際に調査をする彼女らにも言わないつもりかい？』

『ええ。とくに新垣は私の仮説を話すと暴走しかねないので』

突如名前を出され、澪の心臓がドクンと跳ねる。

ただ、〝偏っている〟に〝暴走しかねない〟という端々のヒントから、次郎が不穏な推測を立てていることは、なんとなく想像がついた。

『君はいったい、なにを……』

『ともかく、そうと決まれば準備を始めたいので、報告会はこれで終わりにしても？』

『………』

サイラスは少し不満げながらも、今は従う他ないと思ったのだろう、渋々頷く。

そして、ハリーと一緒に応接室を後にし、去り際に、『君たちにかかってるから』と、祈るようなひと言を残した。

「――で、本当に教えてくれない気？」

四人になるやいなや、そう口にしたのは晃。

次郎はやや意味深な間を置いた後、パソコンを手に立ち上がった。

「いや、……溝口には共有するから、拠点に。悪いが、リアムと澪は少しここに残ってくれ。後で準備の指示をする」

「……わかりました」

頷くと、次郎は晃を連れ、あっさりと応接室を後にする。

「……ねえ、ミオは本当に聞かなくていいの？」

戸が閉まった後、オロオロしながらそう尋ねたリアムに、澪は苦笑いを浮かべた。

「いいというか……、あの調子だと、かなり気分の良くない想像をしてるみたいですし
……、次郎さんが言った通り、私は先入観を持たない方がいいんだと思います」

「暴走するからってこと？」

「まあ、……自分で言うのも情けないですけど。それに、結局は現場で視たものが正解なので、合ってるかどうかもわからない想像で突っ走っちゃうくらいなら、いっそ知らない方がいいかもって」

「そっか。……なんだか、お互いの理解が深いっていうか、信頼が厚いんだね」

「今の話が、どうやったらそんな結論に……」

「詳細を聞かなくても構わないとか、逆に話さなくても任せられるとかって、そういうことでしょ？　まあ、ジローには、ミオが危険なときはすぐに駆けつけるっていう自信があるんだろうけど」

「そんなこと……って、そうだ……、今朝のお礼、まだ言ってなかった……」

途端に思い出したのは、今朝澪が意識を失う寸前に、次郎が駆けつけてくれたこと。

それと同時に、あの危機的状況から次郎がどうやって脱したのか、唐突に疑問が浮か

んだ。

「そういえば、リアムは私が気絶した後どうなったか知ってますか……？」

尋ねると、リアムは小さく頷いてみせた。

「僕も気絶してたから見てはいないんだけど、聞いた話では、ジローが駆けつけた後、霊がすぐに消えたとか……」

「あんなに怒ってた霊が、急に……？」

「ちょっと変だよね。今回も夜が明けたから、とか？」

「また夜明け……」

釈然とせず、澪の心にモヤッとしたものが広がる。

ただ、この疑問については考えたところで答えに行き着く気がせず、澪は一旦頭を切り替えようと、さっき話題に出たミラ・クーパーという人物のことを思い浮かべた。

途端に頭を巡るのは、ロニー少年は失踪したのではなく、ミラ・クーパーとの間になにかがあったのではないかという、不穏な妄想。

次郎は仮説の内容を口にしなかったけれど、サイラスから未解決事件の情報を聞いてしまった以上、考えが良くない方に向かってしまうのは、むしろ自然だった。

次郎もさすがに、澪がその程度の想像を働かせることくらいは予想しているだろう。

それでもあえて口を閉ざした理由として考えられるのは、次郎の立てた仮説が、もっと先の深い部分まで進んでいること。

なんだか無性に不安になって、澪はソファの上で小さく膝(ひざ)を抱える。

そのとき、ふいに二階から足音が響き、次郎が応接室に顔を出した。

「澪、結界を張るから手伝ってくれ」

「え……、晃くんへの共有はもう終わったんですか？」

「ああ。時間がないから始めるぞ。今日は庭に重点的に結界を張る」

「に、庭……？　でも、ずっと玄関ホールに……」

「早く」

次郎は早くも応接室を後にし、澪は慌ててその後を追う。

庭に結界を張ると言い出したことには戸惑いを隠せなかったけれど、その一方で澪は、今夜なにかが大きく動くような、予感めいたものを感じていた。


三日目の調査の待機場所として次郎が指定したのは、ダイニングキッチン。

結界は、まず庭に面するガラス戸に沿って細い道状に、そしてそのまま途切れることなく奥側の壁沿いへと続き、キッチンとの境となるカウンターを終着点として、L字形に大きく張られた。

その時点で昨日をはるかに超える厳重さだが、今日はそれだけでなく、玄関ホールとキッチンにも同じく通路状に、さらに庭にはダイニングキッチンのガラス戸から敷地の奥に向かって建物に沿うように長く張られ、準備には夕方まで要した。

手伝いながら澪が察していたのは、次郎が、今夜の調査ですべてを終えようとしていること。

そもそも、いくら大量のお札を用意しているといっても、これ以上同じことを続けられる程の余剰があるとはとても思えなかった。

そんな中、次郎からの最初の指示は、ガラス戸越しに庭が見渡せる部屋の角で待機し、霊に気付かれないよう行動を監視するというもの。

目的自体はここ二日と大差ないが、今回の霊には結界の中にいようがお札を持っていようがすぐに気配を察されてしまうため、できるだけ二人が動かずに済むようにと、霊が昨日も向かっていたダイニングキッチンを待機場所に決めたらしい。

澪とリアムは言われた通り、部屋の隅で息を潜め、マメにも一旦姿を消してもらった上で、霊が現れるのを待つ。

この屋敷での調査はもう三日目になるが、いまだに慣れるどころか、ここ二日間のことを思うと恐怖で指先が震えた。

「ねえ、ミオ。……ジローはどうして庭に結界を張ったんだろう」

そんな中、リアムから向けられた問いに、澪は首をかしげる。

「さあ……。ただ、庭の結界もかなり大きいので、次郎さんはなにかを確信してるんだと……」

次郎もイヤホン越しにこの会話を聞いているはずだが、会話に入ってくる気配はない。

　しかし、そのとき。澪はふと、次郎が庭にもカメラをセットするよう、初日から晃に指示していたことを思い出した。

「そういえば、最初からずっと回してた庭のカメラには、なにか映ってたんですか？」

　気になって尋ねたものの、やはり次郎から反応はない。

　ただ、一度思いついたが最後、頭の中では勝手に想像が膨らんでいく。

「そういえば、庭の結界って、建物に向かって右側にしか張ってませんよね……」

　呟(つぶや)くと、リアムも不思議そうに頷いた。

「改装工事が中途半端な方でしょ？　まるで、霊がそっちに向かうって知ってるみたいだよね」

「ですよね……。もしかして、改装工事となにか関係が……」

『――いいから、あまり考えるな』

　ようやく次郎から反応があったかと思うと考察を止められ、澪はリアムと顔を見合わせ、肩をすくめる。

　とはいえ、なにもわからない状況でひたすら待機する身としては、いろいろなことを考えてしまうのはある意味当然だった。

「わかってるんですけど、頭が勝手に働いちゃうんですよ……。なまじそこそこの経験を積んできただけに、それっぽい予想がどんどん浮かんじゃうし」

控えめながらも抗議すると、イヤホン越しに次郎の溜め息が響く。そして。

『確かに、考えるなっていうのは無理だな。……だったら、ひとつ教えてやる。庭のカメラには、お前の予想通り、気になる影がほんの一瞬だけ映っていた。ただし、ごく小さく、無害なものだ』

次郎が突如、そう白状した。

「気になる影……？」

『カメラ越しでは、正体どころか年齢や性別すらわからない。ただ、そもそもこういう歴史のある建物には浮遊霊くらいいくらでもいる。……だから、下手な予想で先入観を持つ前に、お前の目ですべてを見て、確認してほしい』

「…………」

次郎はまだ表現を濁らせているつもりのようだが、サイラスからの衝撃の報告を経て大掛かりな準備をしたこれまでの経緯を考えても、次郎の言う「下手な予想」の内容を想像するのはとても簡単だった。

霊が庭に向かうと知っているかのような結界の張り方に、カメラに映った小さな影に、子供が関わる不幸な事件。

次郎はおそらく、屋敷に現れる霊がミラ・クーパーであるという仮説を立てた上で、さらに、庭の小さな気配の正体がロニーであると、――つまり、ロニーの失踪にミラが深く関連している可能性を考えているのだろうと澪は思う。

それに近いことを薄々考えてはいたけれど、急に確度が上がったことで、澪の心には早くも憤りが膨らみはじめていた。

「もし、……霊の抱える知られたくない秘密が庭の気配に関わってるとするなら、改装のタイミングで急に現れた理由にも納得がいきますね……。たとえば、庭を掘られたら、都合が悪──」

『おい、考えるなって言ってるだろう。あと、無駄に怒るな。気配が強くなる』

「だ、だってもう……」

『だってじゃない。あえて黙ってた俺の気苦労を察してくれ。たった今、お前の目ですべてを見てほしいと言ったばかりだろう』

「………」

『なにより、今回の霊はお前が暴れてどうにかなるような相手じゃないぞ。まず必要なのは、冷静な観察だ。……わかるな』

「わかります、けど……。じゃあ、観察した結果、霊がもし庭の小さな気配に接触した場合は、……そう思っていいってことですよね」

『もっとも確認したいのは、それだ。だからこそ、最低限その現場を見るまでは感情を抑えろ。そこが明確にならない限り、霊の正体は確定しないし対処のしようもない』

「……わかりました」

澪はひとまず納得し、荒れた感情を鎮めるためにゆっくりと深呼吸をする。

結局、勝手に膨らんだ想像のせいで次郎の思惑を台無しにしてしまったけれど、思った以上に最悪な事件の可能性が高まった今、澪の心の中は、真実を明かさなければならないという使命感で満たされていた。

「今日、終わらせないと……。そもそも、これだけ厳重な結界を無駄にしたら、もう後がないし……」

込み上げるままに呟くと、リアムが心配そうに瞳（ひとみ）を揺らす。

「あまり気負わないで。僕も傍にいるから」

澪は深く頷（うなず）き返し、二度目の深呼吸をした。――そのとき。

『……澪ちゃん、現れたよ』

イヤホンから晃の声が届き、たちまち全身に緊張が走る。

思えば、昨日は子供たちの残留思念のお陰で霊が現れるタイミングの予想がついたけれど、どうやらあの声は、ダイニングキッチンまでは聞こえてこないらしい。

澪はリアムと頷き合い、気配に集中する。

イヤホンからは、『今、階段を下りてる』や、『玄関ホールを移動中』と、晃からの細かい実況が届いた。

ふと気付いたのは、玄関ホールで待機していた昨日までよりも、霊の動きが明らかに速いこと。

理由はおそらく、霊が警戒に値する気配をまったく感じ取っていないからだろう。

厳重な結界に加え、ダイニングキッチンでの待機が功を奏したらしいと澪は思う。

それと同時に、突如、辺りの空気がスッと冷えた。

『……澪ちゃん、そろそろダイニングキッチンに入るよ。返事はいいから静かにね』

即座に届いた晃からの連絡で、澪はおそるおそる入口に視線を向ける。

すると、白い霧状のシルエットがゆっくりと侵入してくる様子が確認できた。

霊の動きはやはりずいぶんスムーズで、一歩ずつ、確実に、澪たちが待機する方へと接近してくる。

その想像以上の速さに澪は焦りを覚え、咄嗟に部屋の角からカウンター側へと少し後退した。

幸い、動きに気付いたような素振りはなく、霊はついさっきまで澪たちが待機していた場所のやや手前で動きを止めると、今度は庭の方へ体を向ける。

そして、ガラス窓をするりとすり抜け、そのまま庭へと下りていった。

澪はふたたび部屋の角に戻ると、そこからおそるおそる外の様子を確認し、――思わず、息を呑む。

なぜなら、ずっと曖昧だった霊の姿が、月明かりに照らされ鮮明に浮かび上がっていたからだ。

その姿は生きた人間と見紛うばかりで、濃いブラウンの長い髪だけでなく、顔や背格好や、裾の長いワンピースを着た華奢な体つきまではっきりと確認できた。

こうして見ると、ハリーから見せてもらった写真のオリヴィアとはまったくの別人で、澪は改めてほっと息をつく。

「霊の姿、カメラに映ってますよね……？」

『ああ。もっと早くハリーにこれを見せられていれば楽だったな。今は、ミラ・クーパーの画像がないことが悔やまれるが』

「でもきっと、すぐにわかります。……追いますね」

『焦るなよ。しっかり距離を空けて、ゆっくり』

「わかりました」

澪はリアムと頷き合い、あらかじめ開錠しておいたガラス戸をそっと開ける。

そして、霊が庭の奥へ向かったことを確認して庭に下り、結界で作った通路を通って後を追った。

すると、間もなく、まだ改装が及んでいないエリアに差しかかる。

結界の準備をしたときにも一度見ているけれど、その辺りにはいかにも手作りといった古い花壇の名残がいくつかあり、過去にオリヴィアが子供たちと花を植えたのであろう、温かい光景を想像させた。

一方、霊はそれらの横を淡々と通過し、やがて庭の一番奥の隅に植えられた大きな木の前で、突如、動きを止める。

澪たちも立ち止まってしばらく様子を窺（うかが）っていると、ふいに、霊がなにやらぶつぶつと呟きはじめた。

「リアム……、あの声、聞き取れますか……？」

こっそり耳打ちしたものの、リアムは険しい表情を浮かべる。

「ここからじゃちょっと……。でも、もう少し近寄れば……」

リアムはそう言うが、霊が立っている辺りは建物と離れているため、近寄るにも限界があった。

もっとも接近できるのは建物の最奥の角だが、それでも霊まで五メートル弱はある。

「聞こえるかわかりませんが……、ひとまず角まで行きましょう……」

澪はリアムにそう伝え、慎重に移動を始める。

正直、いつまで結界がもつかわからないという不安もあったけれど、ここまで来たらもう躊躇ってはいられなかった。

やがて角まで進むと、リアムは結界のギリギリで身を屈め、今もなお呟き続ける霊の声に耳を澄ませる。——そして。

「途切れ途切れにしか聞こえない……。けど、声のトーン的に、なにか不満を零してるような……」

そう言って、険しい表情を浮かべた。

「不満？　あんなところで……？」

「うん。不満か、文句か……。少なくとも、あまりいい感じはしない、……あ」

「え？」

「……今、『私は悪くない』って言った気が……」

「私は、悪くない……？」

脈絡がわからず、澪は首をかしげる。――しかし、そのとき。

『小さな気配が出たのも、その場所だ。……おそらく、その木の下に、なにかが埋まってるな』

ふいに、イヤホンから次郎の声が届いた。

「なにか、って」

問いかけながらも、心の中には、すでに想定し得る中でもっとも最悪な可能性が浮か
んでいた。

たちまち頭を巡ったのは、〝行方不明になった少年〟に、〝掘られると不都合な庭〟に、

〝異常な警戒心〟という数々のヒント。そして、「私は悪くない」という言葉。

考えれば考える程、行き着く結論はひとつしかなかった。

「やっぱり、あの人はミラ・クーパーで……、木の下には、ロニーくんが……」

口にした瞬間、すべてがすとんと腹落ちした。

同時に、心の奥の方で、強い憤りが燻(くすぶ)りはじめる。

『澪、あまり感情を動かすなよ。……そのまま一旦(いったん)屋敷に戻れ』

まるで心を見透かされているようなタイミングで次郎から諭されたものの、荒れはじ

めた感情を上手く収められず、澪は拳をぎゅっと握った。

「でも、あの人、どうするんですか……？」

必死に冷静を繕って尋ねると、次郎はしばらくの沈黙の後、言葉を続ける。

『……正体と、現れた理由がわかった時点で、調査の目的は果たした。後は、早速庭を掘り起こして、もし遺体が見つかった場合は供養する。……そうやってすべてが明かされれば、ミラにはここに出る理由がなくなる』

「でも、……必死に隠してたものが見つかった後、彼女はいったいどうするんでしょうか」

『当たり前に考えれば、この場所に留まるのは避けたいだろうな。ただ、しばらくは混乱して捜し回るか、怒りを撒き散らす可能性もある。……が、相手がオリヴィアじゃないなら、その場合はミディアムでも使って無理やり締め出すか祓えばいいだろう。……いずれにしろ、正体と目的が判明した以上、調査はもう必要ない。俺らの仕事は終わりだ』

調査はもう必要ないという次郎の言葉には、少なからず、ほっとする気持ちもあった。

けれど、澪の心の中に生まれたやりきれない感情は、一向に収まらなかった。

「ミラは、どうして自分の甥っ子を……」

気になっていたのは、幼い子供の遺体を庭に隠すに至った理由。

たとえ調査がもう十分だったとしても、理不尽な死に方をしたであろうロニーのことを考えると、このまま終われないという思いが拭えなかった。

かといって、それを知るためにできることは、霊との対話以外にない。

ただし、ミラの危険さを十分理解しているだけに、試すだけ無駄であることは明白だった。

『おい、今は余計なことを考えるなよ。遺体さえ出れば、お前の疑問は警察が調べる』

無理やり納得したタイミングで次郎からも念を押され、澪は頷く。

「わかってます……」

本音を言えば不完全燃焼だが、次郎の言う通り後は警察に任せるべきだと、今は自分にそう言い聞かせる他なかった。――そのとき。

「ねえミオ、……なんだか、様子が変じゃない……？」

リアムが突如、不穏な言葉を口にした。

たちまち嫌な予感を覚え、澪は咄嗟にミラに視線を向ける。――瞬間、心臓がドクンと大きく鼓動した。

それも無理はなく、澪の視界に映ったのは、木の前に佇むミラの周囲がじわじわと黒く澱んでいく様子。

「次郎さん……、もしかして、気付かれ……」

最後まで言い終えないまま、通信に激しいノイズが走った。

同時に、結界の角のお札から突如大きな火柱が上がる。

「っ……！」

悲鳴は声にならず、結界が脆(もろ)くも崩れてしまった絶望感で、体が硬直した。

『グルル……』

危険を察知したのだろう、即座に現れたマメが澪たちの前に立ちはだかる。

そんな中、ミラはゆっくりと、澪たちの方を振り返った。

どろりと濁った瞳(ひとみ)に射貫かれ、全身がゾクッと冷える。

秘密を知られたことを察したのか、ミラが纏(まと)う気配の禍々(まがまが)しさは、これまでとは到底比較にならなかった。

「リアム……、退(さ)がりましょう……。外の結界はもう使えないので、建物の中に……」

震える声で伝えると、リアムが背後から、澪の背中にそっと触れる。

「ミオ、落ち着いて。来た道を戻っても追いつかれるだろうから、裏の勝手口から入ろう」

「勝手口……？」

「そう。建物の裏にあって、キッチンの隅っこと繋(つな)がってる。コウの手伝いをしているときに一度通ったんだ」

そう言われて思い返してみたものの、屋敷があまりに広いこともあり、澪の記憶は曖(あい)昧(まい)だった。

ただ、リアムが実際に使ったのなら疑う余地はなく、澪は頷く。

「じゃ、じゃあ、そこを使いましょう……。私は勝手口の位置が曖昧なので、リアムが先導してください。キッチンに入った後は、壁沿いに結界が張ってあるので、すぐにその中に……」

「了解。炎が少しでも弱まったタイミングを見計らって合図するから、走って」

リアムは口調こそ冷静ながらも、表情に強い焦りを滲ませてそう言う。

その間にも、ミラはじりじりと、しかし確実に、澪たちの方へ迫っていた。

今はまだ動きが鈍いが、暴れだしたときの素早さを知っているだけに油断はできず、心臓がみるみる鼓動を速める。——そして。

「ミオ、行こう！」

リアムの合図で、澪は次々と炎を上げるお札の横をすり抜け、建物の裏側へ向かって一気に走った。

やがて建物の角を曲がると、すぐに小さな雨避け付きの戸が見え、リアムはドアノブを摑んで思い切り開け放つ。——瞬間、突如背後から激しい熱を感じ、澪は反射的に振り返った。

途端に視界に広がったのは、大量のお札が一気に炎に呑まれていく様子と、その奥から澪たちをまっすぐに睨みつける、緑色の瞳。

全身に震えが走る中、リアムに思いきり腕を引かれ、澪はなんとかキッチンに転がり込んだ。

そして、ドアが閉まる音を背に、這うようにして結界の中に入る。

後を追ってきたマメもすぐにキッチンに飛び込んできて、澪はその体を抱き留め、ひとまずほっと息をついた。――しかし。

突如裏庭の方から響き渡ったのは、なにかが爆発するかのような激しい音と衝撃。

建物が大きく揺れ、厳重に貼り付けていたはずのお札が大きく宙を舞い、すべてが一気に炎を上げた。

「っ……」

理解がまったく追いつかず、澪は一瞬で無効となってしまった結界の中で呆然とする。

ただ、この混沌とした状況の中、澪が強烈に感じ取っていたのは、調査開始当初からずっと気になっていた、ミラが放つ強い苛立ちだった。

それは無念や恨みとはまったく違い、あまりにも攻撃的で刺々しい。

恐怖と絶望の最中、澪は改めてその意味を考える。――そのとき。

ふたたび大きな爆発音が響いたかと思うと、キッチンの磨りガラス越しに裏庭で巨大な炎が上がる様子が見え、部屋が真っ赤に染まった。

「ミオ……！」

リアムの叫び声が響き渡る中、澪が目にしていたのは、爆風で弾け飛んだ勝手口の戸が、勢いよく自分へ向かってくる光景。

もう終わりだ、と。

為す術のない状況の中、澪は、みるみる迫り来る戸と、外から吹き込んでくる真っ赤な炎を、どこか他人事のように眺めていた。


けたたましく鳴り響く電話の音で、澪はうっすらと目を開ける。

視界にぼんやりと浮かび上がったのは、見覚えのあるソファセットと、アンティークのチェスト。そして、その上に置かれた固定電話。

どうやらここは応接室のようだと、澪は思う。

ただ、ふわふわと体が浮く感覚と、高いところから部屋を見下ろしているような不自然な視界の角度から、これは夢の中か、もしくは死んでしまったかのどちらかだろうと、妙に冷静に考えていた。

なにより、心も体も酷い疲れを感じていて、いっそこのまま眠ってしまいたいと、澪はふたたび目を閉じる。

しかし、さっきから鳴り止まない固定電話の着信音が、それを許してくれなかった。

この景色の中で唯一見覚えのないその電話は、切れては鳴りを何度も繰り返し、一向に止む気配がない。

あまりのしつこさに、澪は思わず耳を塞いだ。――そのとき。

突如、遠くでバタンと大きな音が響いたかと思うと、着信音すら凌駕する程の大きな足音がみるみる近付いてくる。

やがて、激しい振動とともに応接室の戸が開き、一人の女性が姿を現した。――瞬間、澪の心臓がドクンと揺れる。

なぜなら、その女性の姿が、まさについさっきまで対峙していたミラだったからだ。髪色も瞳も華奢な体つきまでもがすべてそのままで、唯一違うのは、霊には絶対にない、命の気配があること。

ただ、ミラは足音から感じた通りかなり苛立った様子で、乱暴に電話を取るやいなや、受話器に向かって激しく怒鳴りつけた。

澪にはその内容はわからないが、強い口調で繰り返される、「Again!?」や「I am busy!」などの言葉から察するに、どうやらミラは電話の相手からなにかを頼まれているらしい。

そんな会話はしばらく続き、その間、ミラは苛々をぶつける場所がないのか、チェストの引き出しの開け閉めを無駄に繰り返したり、物を投げたりと、終始落ち着かない様子だった。

やがて電話を終えると、ミラは大きな溜め息をつき、両手で髪を掻き回す。

それと同時に突如場面が変わり、今度は、デスクに向かってパソコンに文字を打つミラの姿が浮かび上がった。

急な場面の転換に戸惑いつつも、その光景を見ながら澪が思い出していたのは、ミラが作家だったというサイラスからの情報。

ミラはずいぶん集中した様子で、ひたすら文字を打ち込んでいく。

しかし、そのとき突如、どこからともなくガシャンとガラスが割れる音が響いた。

瞬間、ミラは手を止め、ふたたび両手で頭を掻き回し、――「Ronnie!」と、悲鳴のような叫び声を上げる。

〝ロニー〟という聞き覚えのある響きに、ふたたび、澪の心臓がドクンと鼓動した。

そして、澪は察していた。

さっきの電話はおそらくきょうだいからであり、甥のロニーを預かってほしいというお願いの電話だったのだと。

ただ、日々執筆に勤しむミラにとって、それは、決して快く受け入れられるようなものではなかったのだろう。

現に、苛々しながら部屋を出ていくミラの様子から、仕事に差し支えていることは一目瞭然だった。

それ以降も、澪の視界では、ミラが苛立ちながら電話をする光景やロニーに手を焼く様子が忙しなく移り変わり、次第にミラの体は、空気が黒く澱む程の苛立ちで覆われていく。

チェストや床や壁にはミラがストレスをぶつけた傷がどんどん増え、ついには叫び声を上げながら、原稿を撒き散らす姿が映し出された。

澪の中には、次第に、ミラを気の毒に思う気持ちが広がりはじめる。

どんな事情があるにせよ、明らかに異常な頻度で子供を押し付けられているミラは、仕事が手に付かず、さぞかし苦しかっただろうと。

ただ、これから行き着く先をすでに察している澪としては、それ以上心を寄せるわけにはいかなかった。

場面が大きく変化したのは、その瞬間のこと。

突如視界に映ったのは、二階の薄暗い廊下。

突き当たりには、小窓の枠に乗り上がり、庭を見下ろす幼いロニーの後ろ姿が見える。

俯瞰で見ていたさっきまでと違い、慌てて少年へと迫る光景から、どうやらこれはミラの目線らしいと澪は察する。

ミラは廊下を歩きながら「Watch out!」と注意したものの、ロニーはただ笑うだけで、窓枠から下りる気配はない。

ミラは苛立ちも露わにさらにロニーへと迫り、——しかし、突如ぴたりと立ち止まった。

途端にミラの感情がスッと凪いだ気がして、澪はたちまち嫌な予感を覚える。

視点がミラと重なっているせいか、ミラの心の中にじわじわと込み上げてくる黒い感情が、如実に伝わってきたからだ。

やめて、――と。

声が出るはずなどないのに、澪は心の中でそう唱える。しかし。

ミラはふたたび足を踏み出したかと思うと、無感情に手を伸ばし、――トンと、ローの背中を押した。

それと同時に、視界が一気に暗転する。

その後どうなったのかはもはや考えるまでもなく、ひたすら暗い視界の中、土を掘る不気味な音だけが、いつまでも響いていた。


「ミオ！」

名を呼ばれて目を開けると、正面にあったのは、酷く焦った様子のリアムの顔。

周囲の景色から察するに場所はダイニングキッチンのようだが、視線を動かすと、キッチンとの境目には、無惨に壊れた勝手口の戸が壁にめりこむようにして転がっていた。

さらにその奥には、禍々しい気配を放つ、ミラの姿。

徐々に覚醒していく頭で、どうやら自分は無事だったらしいと、そして、この状況を見るに、意識を失ったのはほんの一瞬だったのだと察した。

「リアムがここまで、引っ張ってくれたん、ですね……。危ないところを、ありがとうございます……」

全身を打ちつけたのか痛みが強く、途切れ途切れにお礼を言うと、リアムは瞳に強い動揺を滲ませる。

「まだ逃げ切れてないよ……！　かろうじて戸を避けられたってだけで、ミラがそこに……！」

「いえ、……十分、です」

「ミオ……？」

リアムが戸惑うのも無理はなく、ミラの過去の記憶を見て以来、恐怖に呑まれそうだった澪の心は、奇妙なくらいに落ち着いていた。

これはおそらく怒りだと、澪は思う。

ただ、それは学校の調査のときに込み上げたような制御のきかない激情ではなく、軽蔑に近い、冷たく静かな怒りだった。

澪はキッチンの方へ視線を向け、じりじりと近付いてくるミラを見上げる。

「さっきのは、……言い訳、ですか」

言葉が通じないことは承知だけれど、口にせずにはいられなかった。

「〝私は悪くない〟って言ってたけど、……あれを見せれば、仕方ないって言うと思ったんですか」

ミラはどろりと濁った目でまっすぐに澪を捉え、さらに距離を詰める。

心の奥の方では、これ以上接近するのは危険だと思っているのに、頭の中をぐるぐると巡るミラの過去が、それを上回る勢いで澪の感情を煽っていた。

しかし。

「ミオ、もう逃げ場が……！」

リアムの悲鳴に近い叫び声で、澪はハッと我に返る。

すでに結界が壊滅状態の今、自分だけならともかくリアムを巻き込むわけにはいかず、澪は慌てて玄関ホールの方を指差した。

「あっちの結界はまだ無事なので、移動しましょう……！」

「わ、わかった……！」

リアムは頷くと、澪の手首を引き、玄関ホールに続く戸に向かって駆け出す。――瞬間。

ふいに、なにかが澪の横をすごい速さで通過し、それと同時にリアムが苦しげな声を上げた。

澪には一瞬なにが起きたのかわからなかったけれど、突如、前を走るリアムの肩から血飛沫が舞い、澪の全身からサッと血の気が引く。

さらにその直後、激しい衝撃音と共に、なにかが正面の壁に勢いよく突き刺さった。

あれは、――包丁だ、と。理解するよりも早く、リアムが床に膝をつく。

「リアム……！」

慌てて体を支えると、リアムは辛そうに表情を歪めながらも、首を横に振った。

「だ、大丈夫……、多分、掠っただけ、だから……」

リアムはそう言うが、シャツはみるみる血で赤く染まっていく。

たちまち手足が大きく震えだしたけれど、澪は強引に気持ちを奮い立たせ、リアムの肩を支えて玄関ホールへ急いだ。

「い、今だけ……、あとちょっと、頑張ってください……！」

そう言うと、リアムは弱々しく頷く。

おそらく、もう言葉を発する気力がないのだろう。

そうこうしている間にも、背後からひときわ冷たい気配を覚えた。

おそるおそる振り返った澪の目に映ったのは、キッチンの奥で、包丁やハサミがゆらりと浮かび上がる様子。

この状態ではとても避けられないと、澪は渾身の力で腕を伸ばし、玄関ホールに続く戸を無理やり開け放つ。

そして、転がるようにして床に倒れ込んだ。

しかし油断している余裕などなく、澪はすぐに立ち上がって戸を閉めると、玄関ホールに張った結界からお札を剝がし取り、その手で戸を押さえる。

もちろん、たいした時間稼ぎにならないことはわかっていた。

次郎が厳重に張った庭の結界すらも、そう長くは持たなかったからだ。

けれど、床で辛そうにうずくまるリアムの姿を見ていると、たとえ少しの時間であろうと、抵抗を止めるわけにはいかなかった。

「リアム……、ゆっくりでいいから、ここから離れてください……！」

　できるだけ冷静を装いそう言ったものの、リアムは怪訝な表情を浮かべる。

「ミオ、は……」

「すぐに追いますから」

「……嘘、だ」

「嘘じゃないです。おねが――」

　言い終えないうちに、戸の向こう側で激しい衝撃音が響いた。

　おそらく、戸が閉ざされたことにミラが怒っているのだろう。

　澪は手の中のお札を戸に押し付けながら、なんとかもう少しだけ持ち堪えてくれと必死に祈る。

「リアム、早く……！」

「で、でも……」

「私は、なんとでも、なる、から……」

　強気なことを言ってはいるが、もう策はなかった。

　頭にあるのは、とにかく一分一秒でも時間を稼ぐことのみ。

　しかし、戸はガタガタと振動しはじめ、今にも弾け飛ばされそうな程の圧が伝わってくる。――そのとき。

大きな振動とともに、澪の顔のすぐ横に、戸を貫通したらしい包丁の刀身が飛び出してきた。

間近でギラギラと光る刃を目の当たりにし、思わず、全身からふっと力が抜ける。

今諦めたら終わりだとわかっているのに、あまりの恐怖で、体が思うように動いてくれなかった。

しかし。

「澪！」

突如名を呼ばれ、背後から背中を支えられた。

なにごとかと視線を上げると、次郎と目が合う。

次郎は呆然とする澪に頷き返しながら、大量のお札を握った手で、澪が今にも離しかけていた戸を力強く押さえた。

「悪かった、……ポルターガイストに道を阻まれたせいで遅くなった」

「え……、二階、にも……？」

「二階の対策に集中していたせいで、二階はほぼ無防備だったからな。……とにかく、もう少し耐えろ」

「で、でも、あまり時間稼ぎには……」

「大丈夫だ。もうすぐ四時半を回る」

「四時、半……？」

四時半と言えば、これまでの二日間、不自然ながらもミラが消えた時間だった。

いまだにその理由はわかっていないが、極限まで追い詰められた現状では、そこに希望を託す他なかった。

「わかり、ました……」

とても曖昧な希望だったけれど、折れかけた心を持ち直すには十分で、澪は次郎と一緒に戸を押さえる。

次郎の能力の高さ故か、または精神的な安心感からかわからないが、戸の向こう側から伝わってくる圧が、さっきよりもずいぶん弱くなったように感じられた。――そして。

禍々しかった気配が嘘のように消えたのは、それから間もなくのこと。

戸にかかっていた圧も瞬時に消え、辺りはしんと静まり返った。

突然のことに頭がまったく追いつかず、澪は呆然と次郎を見上げる。

すると、次郎は慎重に戸から手を離しながら、ほっと息をついた。

「……やっぱり今日も消えたな」

「こんなに、急に……？」

「ああ。ここ三日とも、すべて同じだ」

次郎は平然とそう言うが、まだこの瞬間に立ち会ったことのない澪からすれば、とても信じ難い急展開だった。

ただ、今は考察している場合ではなく、澪は倒れているリアムに駆け寄り、シャツの裂け目から傷を確認する。

幸い血はもうほとんど止まっていて、思ったよりも軽傷らしいと、澪はほっと息をついた。——瞬間、激しい眩暈に襲われ、視界がみるみる暗転していく。

「澪！」

倒れる直前で次郎に支えられたものの、もはや自分で起き上がる気力はなかった。

おそらく緊張が緩んだせいだと、大丈夫だと伝えたいのに、意識はとても抗えない勢いで遠退いていく。

そんな中、澪の頭を巡っていたのは、理不尽な怒りを撒き散らすミラの姿。

なんとか乗り切れたものの、全員無事でいられたのは奇跡以外のなにものでもないと、澪は消えゆく意識の中でぼんやりと考えていた。


短い、夢を見た。

それは、花が咲き乱れる庭で、美しい女性と子供たちが楽しそうに笑い声を上げる、幸せな風景。

少し離れたところには、それを微笑ましく見守っている男性の姿があった。

ずいぶん若いけれど、穏やかな目元にはハリーの面影があり、これは、オリヴィアがまだ生きていた頃の日常風景に違いないと澪は察する。

ただ、そんな風景を見ていられたのはほんの束の間で、間もなく景色がぼんやりと霞みはじめた。

そろそろ目覚めるのだろうと、澪は思う。

ただ、最後の最後まで響きわたる笑い声を聞きながら、ふと、――これはいったい誰が見せてくれた記憶なのだろうと、小さな疑問が浮かんでいた。


目を覚ましたのは、昼過ぎ。

三日連続ともなると焦りもなく、意識を飛ばしてしまった瞬間の記憶を辿りながら、澪はゆっくりと体を起こした。

すると、足元にいたマメがふわりと尻尾を振る。

「マメ……、無事でよかった……」

思えば調査中はまったく余裕がなく、とくに終盤は、マメの姿をほとんど確認していない。

無事だからよかったようなものの、あの混沌とした状況でどこに隠れていたのだろうと、ふと疑問が浮かんだ。――そのとき。

「マメ、部長さんを呼びに来たんだよ。通信が途切れた後すぐ」

ふいに疑問の答えが返ってきて、声の方向に視線を向けると、晃と目が合う。

晃は見えるはずのないマメを捜すかのように視線を泳がせ、やがてベッドの端に狙いを定めると、頭を撫でるような仕草をした。

「ご主人様がやばいって思ったんだろうね。ほんと、忠犬」

当然ながら晃の手は空振りだったけれど、澪はマメを晃の手の下に移動させながら、ふと「ポルターガイストに道を阻まれた」と話していた次郎の言葉を思い返す。

「そういえば、拠点も大変だったんでしょう……？」

尋ねると、晃は苦笑いを浮かべた。

「まあ、電気機器の電源が一気に落ちたからね。カメラも携帯も動かないし、派手にポルターガイストが起きてるのに撮影すらできないっていう」

「そんな場合じゃないよ……。怪我がなくてよかっ……っていうか、リアムは？」

怪我と口にした瞬間にリアムのことを思い出し、途端に不安に襲われる。

一方、晃はそんな澪を安心させるかのように、明るい笑みを浮かべた。

「大丈夫だよ、あの後タカムラさんに連絡して救急病院に連れて行ってもらったんだけど、軽傷だったみたいですぐ戻ってきたし。ただ、刃物の傷は出血が多いらしくて、軽い貧血を起こしてたから、帰ってきて即行寝てたよ。で、さっき起きたところ」

「そんなにバタバタしたのに、もう起きてるの……？　軽傷なのはよかったけど、タフすぎない……？」

「澪ちゃんにだけは言われたくないと思うけど」

「そんなこと……！　私は守ってもらってばかりで……！」

「まあまあ。ともかく、大きな声を出せる元気があるみたいで安心したよ。……でさ、下、行けそう？」

澪の疲労を気にしているのか、晃は控えめにそう言い、下の階を指差す。

その仕草で、いつもの面々がすでに応接室に集まっているのだろうと察した澪は、勢いよく頷いた。

「もちろん！　っていうか、こんな時間まで寝ちゃってごめんね」

「いやいや、全然。それに、多分今日が最後だしね」

最後の意味は、考えるまでもなかった。

この屋敷にミラが現れる理由が判明した今、もう調査の必要はないからだ。

途端に、ミラに見せられた過去の光景を思い出し、澪の心の中に、ふつふつと怒りが蘇ってくる。

「言わなきゃ、……みんなに」

澪はベッドから起き上がり、キョトンとする晃を追い越して主寝室を出る。

三日間の壮絶な調査を終え、いい加減疲れが蓄積しているはずなのに、昂る感情がそれを曖昧にした。

応接室には、やはりサイラスやハリーがすでに揃っていて、テーブルに広げられた屋敷の図面を全員で眺めながら、なにやら真剣な話し合いが行われていた。

静かに入室したものの、すぐにハリーに気付かれ、ソファに促される。

『ミオ、ご苦労さま。また大変だったみたいだが、平気かい？』

澪は頷き、ひとまず皆の話題が一段落するまで黙っていようと、こっそりハリーの横に座った。——しかし。

図面に視線を落とすやいなや、ミラが佇んでいた木の位置に付けられた赤い印が目に入り、思わず感情が膨れ上がった。

『ここって、ロニーくんが埋まってるかもしれない場所、ですよね。……彼は、殺されたんです。ミラに、二階から突き落とされて』

いきなりそう口にした澪に、一気に視線が集まる。

『澪、今は——』

即座に次郎が制したけれど、澪の勢いは止まらなかった。

『説明の途中だってことはわかってるんですけど、でも、早く皆に知ってもらいたいんです。ここで起きたのは、ミラの身勝手な殺人だってことを。……昨日、全部見てしまったから』

『ミ、ミオさん……、その、見たというのは……』

さぞかし驚いたのだろう、サイラスはわかりやすく戸惑いを見せる。

もちろん、心霊に関しての理解が浅いサイラスを混乱させてしまうことはわかっていたけれど、澪はそれでもなお、はっきりと頷いてみせた。

『はい。ミラ本人が、私の意識に直接、過去の出来事を見せてきたんです。仕事が大変な中、甥っ子の世話を度々任されて、精神がおかしくなっていく一部始終を。……まるで、言い訳するみたいに』

『言い訳……』

『はい。彼女は事件後、その秘密がロニーくんの両親にはもちろん、世間に明かされることにずっと怯えていたんだと思います。だから、死んだ後もこの庭に留まって、ずっと、見張っていたんです。……せっかく事故として終結した殺人が、バレないように』

途端に胸が詰まり、澪は一度ゆっくりと呼吸を整える。

部屋は緊張感に包まれていたけれど、自分だけが知ることとなった重要な真実を淡々と暴露するたび、澪の心の中にあったモヤモヤが、少しずつ晴れていくような気がした。

『私はそれを知って、腹が立って、……どうしても許せなくて、ロニーくんと同じぐらい苦しい目に遭わせてやりたいって思ったんです。……けど、私には、到底敵わなくて。……結局、屋敷をボロボロにしてしまって』

ようやく勢いが弱まったのは、自分の感情を語り出した瞬間のこと。

それと同時に、こんな話をハリーやサイラスにいったいどこまで信じてもらえるのだろうかと、今さらながら不安が込み上げてきた。――しかし。

『君は、敵わなかったと言うけれど……、庭を掘り返し、ロニーくんの遺体が出てくれば、世間に真実が知れ渡るわけだし、彼女が一番怖れているのは、それなんだろう？　なら、君は、やれることをすべて達成したことにならないのかな……？』

そう口にしたのは、意外にも、サイラスだった。

『サイラスさん……』

『正直、私にはまだ理解が追いついていない部分が多いんだけれど……、ただ、少なくとも私は、君が悔やむ必要はないと思うよ』

思いがけないフォローに、澪は驚く。

リアムも意外だったのだろう、しばらく呆然とした後、我に返ったように頷いてみせた。

『ぼ、僕もそう思う……！　それに、ミラの秘密が明かされれば、もうミラがこの屋敷に執着する必要はないわけだし、依頼も無事完了でしょ？　これ以上ない結末じゃないか』

『そうで、しょうか……』

『過去を見たミオからすれば、僕たち以上にミラを許せない気持ちが大きいんだろうし、いっそ直接やっつけてやりたいくらいなんだろうけど、……でも、彼女が一番避けたかった展開になったんだよ？』

確かに、リアムが口にした「直接やっつけてやりたい」が実現するなら、どんなにスッキリするだろうと澪は思う。

ただ、そんなことができる人間として思い当たるのは、特別な力を持つ東海林くらいしかいない。

そう考えると、自分には不可能だと嫌でも納得がいき、澪は小さく頷く。――そのとき。

「――お前がどう思っていようが、第六としては十分だ。一時はどうなるかと思ったが、よくやったな」

「…………」

皆がいる中での不意打ちの日本語が、胸にまっすぐに刺さった。

その瞬間、どうにもならなかったもどかしさがスッと晴れ、肩の力がどっと抜ける。

涙まで込み上げてきて、澪は慌てて咳払い（せきばら）いで誤魔化した。

「次郎さんがそう言うなら、いいや。……ありがとうございます」

「言っておくが、まだ終わったわけじゃない。……続けるぞ」

「はい」

澪は頷くと、気持ちを切り替えてサイラスに視線を向ける。

『じゃ、じゃあ……、まずは、ロニーくんを捜さないと、ですよね』

すると、サイラスは頷き、テーブルの上の図面を指差した。

『ちょうど、優先すべきは遺体を捜すことだっていう話していたところだよ。……とはいえ、〝庭に遺体が埋まってるはずだ〟なんて警察に通報したらややこしいことになるだろうし、一旦庭の改装を進める手配をして、その最中に発見したっていう体にするのが一番いいんじゃないかと』

『確かに、それが自然ですね』

『そういう意味で言うと、君たちも、発見する前にここを去った方がいいんじゃないかって話になってる。調査のことは警察には説明できないし、変に巻き込んでしまうと大変だからね』

『で、ですが……、調査を請けた以上、結末を見届けないわけには……』

『気持ちはわかるけれど、今後のことは必ず報告するから安心してほしい。……それに、もし予定外のことが起きた場合には、また依頼させてもらうつもりだから』

『ま、またって、ここイギリス……』

『ちなみに、君の上司はもう了承済みだよ』

驚いて次郎に視線を向けると、次郎は平然と頷く。

おそらく、第六として出した結論と今後の推測に、よほど自信があるのだろう。——

そして。

『サイラスはすでに改装の再開の手配をしていて、夕方には始まる。ちなみに例の木の根本は、ウェズリー家御用達の植樹の専門家が丁寧に掘り起こすらしい。直接作業にあたるごく一部の人間にはあらかじめ事情を共有するとのことで、ロニーの遺骨についての心配はないそうだ』

戸惑う澪に、次郎がそう補足した。

『なるほど、なら安心……って、今、夕方には始まるって言いました？』

『ああ。つまり俺たちは、その前にここを去ることになるな』

『ええ……！』

続けて言い渡された衝撃の事実に、頭は思わず大声を上げた。

ただ、ロニーの遺体が見つかるまではミラが現れる懸念があるぶん、素早い決断に文句はなかった。

『じゃ、じゃあ、急いで支度します……！』

澪は慌てて応接室を出ると、二階へと急ぐ。

そして、主寝室へ向かいながら、――このスピード感で改装の再開から警察への対応まで完璧な計画をしたサイラスに対し、やはりウェズリー家の人間だと、妙に納得していた。

撤退の準備が整ったのは、十五時前。

タカムラの到着を待つ間、手持ち無沙汰に庭を歩いていた澪は、門扉の近くにぽつんと座り込むハリーの姿を見つけた。

『ハリー……？』

呼びかけると、ハリーは澪を見て穏やかに笑う。

『やあ、ミオ。準備はできたかい？』

『はい、なんとか。ハリーはここでなにを？』

『いや……、少し、昔のことを思い出していただけだよ。当時はここから玄関にかけて、オリヴィアがたくさんの花を植えていてね。……懐かしいな』

そう言って視線を落とすハリーを見ながら、もしかして幸せな回想の邪魔をしてしまっただろうかと、澪の胸に心配が過る。――しかし。

『彼女は、……私と一緒になって幸せだっただろうか』

ハリーがひとり言のように零した小さな呟きに、心がぎゅっと締め付けられた。

思い返せば、ここに出る霊がオリヴィアではないという結論が出たときのハリーは、ほっとしているようにも、逆にどこか辛そうにも見えた。

澪はそのとき、ハリーには、たとえどんな辛い内容だったとしてもオリヴィアの思いを知りたいという気持ちがあったのだろうと察していた。

ただ、良くも悪くも、オリヴィアの魂はここにはない。

してあげられることがなにもなく、澪は黙って視線を落とす。

そのとき。

『彼女は早起きでね。……朝からよく一人で庭を散歩していたんだよ』

ハリーがふたたび、口を開いた。

『朝の庭ですか……。なんだか、静かでよさそうですね』

『ああ。子供たちが起きると忙しないから、彼女にとって唯一の、静かに過ごす時間だったんじゃないかな。ただ、子供たちにはそんなことわからないから、早く目覚めてしまった子が窓を明けて、彼女に声をかけるんだ。なにしてるの、おはようって、大声でね。……その途端に全員が目を覚まし、朝っぱらから大騒ぎだよ』

『ハリーも起こされました？』

『それはもう、しょっちゅう。ただ、子供たちの笑い声で目を覚ますのは、なかなか幸せな心地だった』

『笑い声ですか……。私もここで、何度か幸せそうな笑い声を聞きました』

『そういえば、そんな話をしていたね。残留思念と言ったか……、子供たちの笑い声を聞いたと』

『ええ。夜中に、ミラの霊が現れる直前まで。……今考えると、子供たちはミラのことを怖がっていたのかもしれませんね。ミラはいつも苛立っていましたし』

『子供は大人の心の機微に敏感だから、十分にあり得る話だ』

　今さらではあるが、もっと強くそこに疑問を持っていたなら、霊の正体がオリヴィアじゃないことへの自信がさらに持てていただろうにと、澪は思う。

『それにしても、オリヴィアさんって子供たちからすごく愛されていたんですね』

　しみじみ呟くと、ハリーは嬉しそうに笑った。

『オリヴィアは、子供たちが朝から大騒ぎしようと一緒になって笑っていたからね。庭が広くて助かったが、そうでなければ頻繁に苦情が来ていただろう。……なにせ、彼女が起きていたのは、まだ夜も明けていないような時間だったし』

『夜も明けてない時間……？』

その瞬間に澪の頭を過ったのは、三日間すべてに共通する、不自然にミラが消えた時刻。

『もしかしてそれ、四時半くらいですか……？』

まさかと思いつつも尋ねると、ハリーはあっさりと頷いた。

『ああ。五時半には朝食の支度を始めていたから、その一時間前くらいには。……どうかしたかい？』

『その……、ミラは毎回、その時間になると不自然に消えていたんです。どんなに苛立っていても、突然。……それに、ミラが消えた後の早朝に一度だけ、子供たちの笑い声を聞いた気がして』

『ミオ……、それは、まさか……』

『もしかすると……、オリヴィアさんの――』

残留思念がここに残っているのではないか、と。さらに、警戒心の強いミラはオリヴィアの気配から逃げ出していたのではないだろうかと、一気に想像が膨らんだものの、澪は咄嗟に口を噤んだ。

残留思念であれば証明しようがなく、曖昧な発言をすることで、徒にハリーの感情を煽るべきではないと考えたからだ。

しかし、ハリーは動揺するかと思いきや、不自然に途切れた言葉の続きを促すこともせず、ふと幸せそうに微笑む。――そして。

『万が一、ここに彼女の思いのカケラが残っていたとして、……怒っているなら問題だけれど、子供たちと笑っているなら、私はそれでいいよ』

そう言って、小さく瞳を揺らした。

その瞬間、澪の脳裏を過ったのは、今朝方見た夢の風景。

あのときも、ハリーは少し離れたところから、楽しそうに笑うオリヴィアたちの様子をただ静かに眺めていた。

ハリーは、子供たちのことをオリヴィアに任せ、仕事に集中していた過去の自分をずいぶん責めていたけれど、あの微妙な距離感こそ、その後ろめたさから一歩踏み込めない気持ちの表れだったのではないのかと澪は思う。

まさに、たった今ハリーが口にした、控えめな発言から感じ取れたように。

とはいえ、今さらなにを言ってもハリーの救いになるとは思えず、澪はもどかしくも黙って俯く。――そのとき。

『ハリー……？』

突如知らない声が響いて視線を向けると、門扉の外側からハリーを見つめる、一人の青年の姿が目に入った。

しかし、名前を呼ばれたにも拘らず、ハリーは小さく首をかしげる。

『君は……？』

すると、青年は困ったように笑みを浮かべた。

『やっぱり、見てもわかりませんよね。なにせ、あの頃からもう二十年経っているから。……僕は、アーロン・ヒューズです。ここで、育ちました』

ハリーが突如目を見開いたのは、青年が名乗った瞬間のこと。

『アーロン……？　二十年前っていうと……、あの、アーロンかい……？　オリヴィアが亡くなった後に、オックスフォードの施設に移った……』

ハリーは声を震わせながら、ゆっくりと門扉に近寄る。

『ええ。覚えていてくださって嬉しいです。あの頃は本当にお世話になりました。僕はオックスフォードの施設を出た後、仕事でバーミンガムに移り住んで忙しくしていたので、なかなか会いにこられませんでしたが……、お元気そうでなによりです』

『まさか、こんな……、奇跡のようなことが……』

二人の会話を聞く限り、どうやらアーロンは、この屋敷で最後に預かっていた子供の一人なのだろうと澪は察する。

ただ、二十年も会っていなかったというのに、この絶妙なタイミングに突然訪ねて来たことには、澪としても、奇跡と口にしたハリーに同感だった。

ともかく再会の邪魔になってはならないと、澪は二人にこっそり背を向ける。――しかし。

『実は僕、昨晩夢を見たんです。この庭で、オリヴィアに遊んでもらっている夢を。少し離れたところには、僕らを温かく見守ってくれるハリーもいて……、懐かしくて、なんだか衝動に駆られるようにここに向かっていました』

アーロンがそう口にした瞬間、澪の心臓がドクンと鳴った。なぜなら、今アーロンが語った夢の内容は、澪が朝方見たものとまったく同じだったからだ。

驚く澪を他所に、アーロンはさらに言葉を続けた。

『実際に来てみたら改装中のようですし、もう別の人の手に渡ったのかなって思っていたんですけど……、まさか、ハリーに会えるなんて。きっとオリヴィアの導きですね』

アーロンは興奮気味にそう言い、家族に向けるような屈託のない笑みを浮かべる。

一方、ハリーは寂しげに瞳を揺らした。

『オリヴィアが……、なにもできなかった私なんかのもとに、大切な君を導くだろうか……』

それは、まさにハリーの後悔を象徴するかのようなひと言だった。

しかし、アーロンは戸惑うどころか、あっさりとそれを笑い飛ばす。

『なに言ってるんですか。当時、オリヴィアからどれだけあなたの惚気を聞かされたと思ってるんです？　彼女はいつも、口を開けばハリーの話ばかりでしたし、オリヴィアが一番大切に思っていたのは、誰の目から見てもあなたですよ』

『なに……？　オリヴィアが……？』

『ええ。〝ハリーは優しくて努力家で、私の夢を自分の夢であるかのように一生懸命に叶えてくれる〟って。あと、〝あなたたちがここで暮らせるのも、全部ハリーのお陰なのよ〟っていう台詞も、何百回聞いたことか』

『…………』

『ハリーはいつも忙しそうにされていたので、僕らが直接遊んでもらうような機会はあまりなかったけれど、オリヴィアがいつもそう話していたから、とても尊敬していました。この家を離れるときも、環境の悪い施設が溢れるあの時代に、少しの妥協もせずに良い場所を選んでくれて』

『…………』

『僕はもうすぐ結婚するんですけど、お二人のような夫婦になりたいっていう子供の頃からの願いを叶えたいと思っています。……僕にとって、――いや、あの頃ここで暮らした全員にとって、お二人は幸せの象徴のような存在ですから』

アーロンがそう締め括った瞬間、ハリーの瞳から、大粒の涙が溢れた。

その涙をそっと拭いながら、アーロンは優しく微笑む。

『ハリー、驚かせて、すみませんでした』

『いや……、とても嬉しい。信じられない気分だ』

『会いに来てよかったです。……本当に』

『アーロン……、できれば、もう少し、話したいんだが……』

『もちろんです。オリヴィアの懐かしい話を、たくさん聞かせてあげます。……ただ、ブロードステアーズに着いてそのままここに来ちゃったから、一度ホテルにチェックインしてきますね。その後、よかったらお茶でも』

『ああ、是非……！』

そのとき見せたハリーの笑顔からは、これまで常に付き纏っていた寂しさがすっかり払拭されていた。

きっとこれは、アーロンが言っていた通り、オリヴィアの導きなのだろうと澪は思う。

ただその一方で、結局ハリーの心を救ったのは、オリヴィアの霊でも残留思念でもなく、ハリーがオリヴィアとともに深い愛情で培ってきた縁に他ならないと、しみじみ思っていた。

「――にしても、奇跡だよねえ、あの二人の再会」

その後、庭で改装工事が始まると同時に、澪たちはサイラスやハリーと別れ、ついにブロードステアーズを後にした。

車内で話題になったのは、やはりハリーとアーロンの再会のこと。

温かい光景を思い返しながら、本当に不思議なこともあるものだと澪は思う。

するど、助手席に乗っていたリアムがふと振り返り、どこか心配そうに澪を見つめた。

「ミオ、もしかして元気ない？」

「い、いえ、全然！　ただ、いろいろ考えてしまいまして。縁とか愛情は思ったより複雑なんだなって、改めて知ったというか」

「複雑？」

「はい。どんなに愛し合っていても、急な別れの後に何十年も整理できない気持ちがあったり、かと思えば、ふとしたキッカケで救われたり。……別れもいつかいい思い出になるなんてよく言いますけど、そう簡単じゃないんだなって」

上手く言葉にならない思いを訥々と口にする澪に、リアムは小さく笑う。

「確かにね。……まあハリーの場合は、オリヴィアにとんでもなくベタ惚れしてたことが一番の要因だと思うし、僕はそれも含めて、彼の人生は素敵だと思うよ」

「それは、……そうかもしれませんが」

「それに、これからは本当の意味で、幸せな気持ちでオリヴィアのことを思い出せるんじゃないかな。ミオが頑張ったお陰で」

「わ、私が頑張ったわけでは……」

慌てて否定すると、晃がニヤニヤと笑いながら澪を小突いた。

「いやいや、毎度のことだけど、今回も澪ちゃんが圧倒的MVPだよね」

「そうやって、すぐからかう……！」

「本気だってば。まぁ急にキレだすところは相変わらずだけど、前よりは若干冷静さを保ってる感じがするし、こっちも安心して見ていられるようになったっていうか」

「私は別に、キレてなんて……」

反論しかけたものの、心当たりがありすぎて、語尾が弱々しく萎む。

実際、ミラが隠していた真実を知ったときに込み上げた怒りは、とても抑えられなかった。

なんとか自我を保てたからよかったようなものの、あの危険なミラを相手にもし暴走していたなら、今頃どうなっていたかわからない。

今回もさぞかし次郎を呆れさせてしまっただろうと、澪はおそるおそる次郎の様子を窺う。――しかし。

「確かに、いい傾向だ」

次郎は膝の上で開いたパソコンから目を逸らさず、サラリとそう口にした。

「え……？」

幻聴を疑い咄嗟に聞き返したものの、次郎はなにごともなかったように作業を続ける。

「ほら、部長さんもいい傾向だって。よかったじゃん」

すかさず晃に揶揄され、頬が熱を上げた。

「い、いや……、私はその……」

「いやって言いながら喜んでるんでしょ？　全部顔に出てるよ」

「と、……とにかく！　私は、屋敷に出る霊がオリヴィアさんじゃないってわかって、それだけで十分なんです！」

「すぐ照れる」

「……………」

どうやっても晃には敵わないと、澪は口を噤む。

ただ、照れ隠しに言った、オリヴィアじゃなかっただけで十分という思いは、心からの本音だった。

澪はしつこく笑う晃を無視して、シートにぐったりと背中を預ける。――そのとき。

「――寝覚めは、悪くないな」

次郎がぽつりとそう零し、途端に、すべてが報われた気がした。

白骨化したロニーの遺体が発見されたと連絡があったのは、その日の夜中のこと。

澪としては、その後のミラの動向だけが不安だったけれど、結局、屋敷にはもう現れなかったらしい。

そして、連絡をくれたサイラスがリアムを通じてくれた、「ありがとう。これでたくさんの人間がスタートを切れる」という言葉は、澪の心に深く余韻を残した。

＊

「――ねえ聞いてる？　君らがいない間にいろいろ依頼したいものが溜まってるわけ。当然、請けてくれるんだよね？」

屋敷の調査の後、二日間イギリスに滞在して日本へ戻った澪たちは、翌週明けからすっかり日常を取り戻していた。

もはや日常風景の象徴とも言える伊原の文句を応接室で聞きながら、澪は苦笑いを浮かべる。

「そんなこと、私に言われましても……」

「だって、次郎くんが無視するし」

伊原が言う通り、次郎はさっきからずっとパソコン画面に集中し、伊原に返事ひとつしていない。

ちなみに、次郎がネットで閲覧しているのは、イギリスのニュースサイト。聞けば、ロニーの遺体発見からその後の捜査状況が日々更新されているらしい。

ただ、事件が十年前と昔の上に被疑者死亡とあり、どの媒体にもさほど大きく扱われることはなかった。

ハリーも警察からの事情聴取でしばらく大変だったようだが、それも間もなく落ち着き、来月にはロンドンに引越し予定とのこと。

サイラスのホテルの開業だけは大幅に予定が狂ってしまったけれど、いずれにしろ事件現場となるとすぐの客商売は難しく、他の観光地の視察をしながらしばらくほとぼりが冷めるのを待つらしい。

幸い、もっとも懸念していた、父親からの事業中止の通達はなかったようで、サイラスは、それだけで十分だと語っていた。

「ねえ澪ちゃん、この依頼はどう？　家の軒下から大昔に埋めた古い井戸が出てきたらしくて、そこから夜な夜な女の霊が這い出てくるっていう」

「有名なホラー映画のまんまじゃないですか。絶対からかわれてますよ、伊原さん」

「そんなことないって。井戸から現れるのは、日本の霊の伝統芸でしょ？」

「っていうか、何度も言ってますけど、私に聞かないでくださいよ。請ける請けないの決定権は、私には……」

「――澪に任せる」

「はっ？」

いきなり言葉を挟んだのは、次郎。

理解が追いつかずに固まっていると、次郎はふと顔を上げ、澪と視線を合わせた。

「決定権をやるからお前が決めろ。報酬の交渉はその後に俺がやる」

「あの……、まさか、投げやりになってます……？」

「阿呆か、いくら相手が伊原でもうちの主たる業務で投げやりになるわけないだろ。これは、お前の一存に任せるという正式な通達だ」

「……次郎くん今、いくら伊原でもって言った？」

「ともかく、今後は伊原が持ち込んだ依頼は澪が決める。……伊原、今後はこいつを通せ」

「そ、そりゃ俺はぶっちゃけ、その方が一万倍くらい楽だけど……ってか、澪ちゃんの格が上がったってこと？……まさか、イギリスで悪魔でも倒した？」

「……そういうわけで、澪、後は頼んだ。くれぐれも、くだらない依頼は請けるなよ」

依然としてポカンとする澪を他所に、次郎はあっさりと立ち上がり、応接室を後にする。

その後ろ姿を目で追いながら、伊原が小さく笑った。

「なんか、格が上がったっていうより……、面倒な俺を体良く押し付けられたって感じだよね。自分で言うのもなんだけど」

「…………」

「まあ、そう落ち込まないでよ。変な依頼はできるだけ控えるから。……できるだけね」

「…………」

「澪ちゃん？……え、まさか、喜んでる？」

伊原は完全に引いていたけれど、澪の心の中には、確かにじわじわと喜びが広がりはじめていた。

むしろ、ほんの少しでも次郎からの信頼を得られたのだと思うと、喜ばずにはいられなかった。

「ちょっと、澪ちゃんて……。聞いてる？　おーい」

「……伊原さん」

「お！　じゃあ早速だけど依頼の話しようか！　格上げした景気付けに、全部承認の方向で！」

「……とりあえず、井戸は却下します」

「え、なんで！」

「くだらない依頼は請けませんので」

「……次郎くんと変わんねーじゃん」

早速一発目の依頼を断ると、伊原がうんざりした様子で天井を仰ぐ。

かたや澪は、次郎と変わらないという伊原の文句に、密かに高揚していた。

過日の事件簿

いってらっしゃい

「提案なんだけど、今晩は僕が育った街に滞在しない？　是非招待したいんだ」

サイラスの依頼を無事に終え、ブロードステアーズを出発した後、二日間ゆっくり観光でもと話していた第六の面々に、リアムはそんな提案をした。

「リアムが育った街って、よく話してくれるライのことですよね？」

ある意味予想通りというべきか、真っ先に反応したのは澪。

ルームミラー越しに目を合わせると、澪は早くも目を輝かせていた。

「うん。日本人にとってはマイナーな街だと思うし、もしかしたら退屈に感じるかもしれないけど……」

「そんなこと……！　実は私、リアムから子供の頃の話を聞いたときに、つい気になっちゃって、ライをネットで調べたんです。そしたら、豊かな自然や綺麗な街並みの画像がたくさん出てきて、いつか行ってみたいってずっと思ってました！」

「興味を持ってくれて嬉しいよ。じゃあ、少し遠回りになるけど、行き先はライでいいかな？　ジローやコウはどう……？」

尋ねると、次郎はとくに考える素振りもなく、あっさりと頷く。

「そもそも、澪の旅行予定を仕事で潰してるからな。帰国までの予定は澪が好きに決めればいい」

「次郎さん……！　ありがとうございます！」

「僕も全然オッケーだよ。自然が豊かなんて最高じゃん。たまには僕もデジタルデトックスしたいし」

「晃くんもありがとう！　でも、せめてパソコンは閉じてから言って」

「いや、もっともなんだけど、もはや無意識に開いちゃうっていうか」

三人のやり取りを聞きながら、リアムは、第六の面々はなんだかんだで澪に甘いらしいとしみじみ思う。

思い返せば、出会った当初は、無愛想な次郎や独特な晃に対してどこか摑み難い印象を持ち、純粋な澪がこの中に馴染めているのだろうかと疑問に思ったこともあった。

しかし、付き合いが長くなった今となっては、要らぬ心配だったと言わざるを得ない。

リアムはライに向かうようタカムラに伝えると、すでに家で控えている使用人に、ゲストを三人連れて行く旨をメールで送った。

ちなみに、普段のライの家は、月に一度管理人が掃除のために出入りするのみで、いつでも人を呼べるような状態にない。

しかし、今回は、依頼が早く終われば皆を招待しようと密かに計画していたため、早めに使用人を配置し、準備万全にしている。

そういう勝手な事情もあり、澪が想像以上に興味を持ってくれたことに、リアムは内心ほっとしていた。

そうまでして誘った理由のひとつは、日本でできた大切な友人たちに、自分がもっとも落ち着く場所を見てもらいたいという思いから。——が、本音を言えば、それだけではなかった。

リアムは心に秘めた澪への願いをどう切り出そうかと考えながら、ぼんやりと外の景色を眺める。すると、そのとき。

「ライの家って、今もちゃんと残ってるんですね。……よかった」

ふいに、澪がそう呟いた。

「よかった」という言葉の理由は、わざわざ聞くまでもない。

澪は、ライの家に住んでいた祖母が亡くなっていることを知っているため、〝今もちゃんと残ってる〟ことに安心したのだろう。

その優しさになんだか気持ちが緩み、リアムは目的のことを忘れて思わず笑った。

「ミオって本当に、ミオだよね。どこまでいっても」

「え？……どういう意味ですか？」

「上手く表現できないんだけど、褒め言葉だよ。……ちなみに、ライの家に関しては、日本にウェズリーガーデンホテルを出してしばらくした頃に、父から僕に名義を移してもらったんだ。ずいぶん前に父とそういう約束をしていたから」

「約束？　ライの家がほしいって？」

「そう。昔は父に反発ばかりしていたんだけど、祖母の家をくれるなら父のもとで事業を学んで、きっちり結果を出すっていう約束をしたんだ。父は強引な人だから、反故(ほご)にされないよう無理やり誓約書まで書いてもらってね。……どうしても、自分の手で、あの場所を守りたかったから」

「誓約書まで……。でも、結果的に約束が守られたならよかったですね。リアムは日本でとても頑張ってるから、私に言わせれば当然ですけど」

「まあ、日本は居心地がいいし、僕はただ楽しんでるだけなんだけどね。でも、それもすべてミオたちのお陰だよ」

「さすがに言い過ぎですって」

澪は慌てて首を横に振るが、リアムからすれば、日本でウェズリーブランドのホテルを無事にオープンさせることができたのは、澪をはじめ第六のお陰としか言いようがなかった。

もしあの当時、自分の希望を押し通してゴーストホテル計画を進めていたなら、今頃どうなっていたかわからない。

当時の自分の浅はかさを思い出し、リアムは思わず苦笑いを浮かべた。

「ともかく、是非ゆっくりしていってよ。田舎の古い家だから行き届かないことも多いと思うけど、空気は綺麗だし、食べ物もおいしいから」

「それで十分贅沢(ぜいたく)です！」

「そう言ってもらえると嬉しいよ」

澪が嘘をつけないタイプだと知っているだけに、飾らない言葉がまっすぐに胸に刺さった。

普段、ウェズリー一族という重い肩書きを背負ってビジネスの世界にいると、眉ひとつ動かさずに嘘をつくような、まさに澪とは対極にある人間が近寄ってくることも珍しくなく、神経が擦り減る出来事が多々ある。

しかし、それらが、澪のなにげない行動やふいのひと言でいとも簡単に癒されてしまう瞬間を、リアムはこれまでに何度も経験していた。

それこそが、つい澪に過剰に執着してしまう理由のひとつだと、リアムは嬉しそうにしている澪を見ながら改めて思う。

すると、しばらく黙ってパソコンを触っていた晃が、ふと口を開いた。

「そういえば、澪ちゃんは結局本場のイングリッシュガーデンを見たの？　旅行前、楽しみにしてたじゃん」

その問いかけに、澪は迷いなく頷く。

「うん！　ウェズリーホテルに泊まらせてもらったから、二日連続で朝から庭を散歩したの。聞いてた通り本当に素敵で、写真もいっぱい撮ったよ！」

「そっか。ならよかったね」

澪は心から満足そうだったけれど、そのときのリアムの心には、小さなモヤモヤが広がっていた。

確かにウェズリーホテルは美しいイングリッシュガーデンが売りだが、澪が泊まったのはロンドンのど真ん中という立地上、満足な広さを確保できているとはとても言い難いからだ。

思えば、調査が始まるまでの二日間、初めてのロンドンだからと有名な観光地を優先して案内したけれど、自然を好む澪には、多少ロンドンを離れようが、イングリッシュガーデンを巡るというコースもあったのではないかと、今さらながら心に小さな後悔が浮かぶ。——そのとき。

「リアム様、ライを少し過ぎてノーシャムまで行けば、グレート・ディクスターが近いので、寄れますよ」

ふとそんな提案をくれたのは、タカムラ。グレート・ディクスターといえば、イギリスでもっとも有名なガーデナーである、故クリストファー・ロイドの生家であり、そこには彼自身が四十年にわたって作り上げた、美しい庭がある。

クリストファー・ロイドの死後は公益財団によって管理され、以降は観光地として開放されており、イングリッシュガーデンに強い拘(こだわ)りを持つリアムの父親も、かつてはホテルの庭の参考にとよく足を運んでいたらしい。

タカムラの名案に、リアムの気持ちは一気に高揚した。

「ミオ、せっかくだから、少し寄り道しないかい？　ライの近くに、ウェズリーホテルよりもずっと広くて美しいイングリッシュガーデンがあるんだけど」

早速提案すると、澪は想像通り、嬉しそうに頷く。

「そんな……！　いいんですか……？」

「もちろん。本格的なイングリッシュガーデンを見せないまま、日本に帰すわけにはいかないからね」

「ホテルも十分過ぎるくらい素敵でしたけど……」

「いやいや、あれで納得されちゃ困るんだ」

ついムキになってしまったリアムを、横でタカムラが笑う。

ウェズリー家をよく知るタカムラはさしずめ、必死なリアムに、イングリッシュガーデンに高いプライドを持つ父親の姿を重ねたのだろう。

興味を持ったキッカケは父ではなく祖母だと、今すぐにでも言ってやりたかったけれど、必死になると余計に笑われそうな気がして、リアムは無理やり言葉を呑んだ。

一方、澪はご機嫌な様子で前のシートに身を乗り出す。

「そういえば、リアムにはたくさんの宮殿とかお屋敷に連れて行ってもらいましたけど、庭の雰囲気はそれぞれ違ってましたよね。中には、カチッと刈り込まれてるところもありましたし。ああいうのは、イングリッシュガーデンとは呼ばないんですか？」

その興味津々な様子に、わずかにささくれ立っていたリアムの心がふわりと緩んだ。

「いや、そんなことないよ。イングリッシュガーデンって聞くと、さまざまな植物を原野のように無造作に植えたワイルドな風景をイメージする人が多いんだけど、実は多くの細かい様式に分けられていて、中には緻密に刈り込んだフォーマルなものもあるんだ。ちなみに、公園や個人の庭なんかは一つの様式に特化することが多いけど、グレート・ディクスターのように敷地が広いところでは、エリア分けしていろんな様式のガーデンを作ってるよ。作り手の好みやセンスが顕著に出て、面白いんだ」

「へぇ……！　じゃあ、グレート・ディクスターでは、いろんな雰囲気の庭を一気に回れるってことですか？」

「そういうこと。ちなみに、グレート・ディクスターはどこもかしこも僕好みなんだよね……。敷地に入ると、まず広いメドウガーデンが広がっているんだけど、まるで童話に迷い込んだような気持ちになるんだ。今の季節だと、カラフルなポピーが咲いてるんじゃないかな」

「素敵……！」

リアムには、イングリッシュガーデンのことになるとつい語りすぎてしまう自覚があるが、澪は退屈そうな素振りを見せず、終始目を輝かせていた。

このままでは歯止めが効かなくなってしまいそうで、リアムは永遠に語り続けたい衝動を必死に抑える。

そのとき、ふと、リアムのとめどない話に夜遅くまで付き合ってくれた、祖母との温かい記憶が頭を過った。

思い返せば、ライからロンドンに呼び戻されてからのリアムは、祖母のような、たわいのないことをとめどなく語れる相手に恵まれなかった。

祖母と引き離されたことで、自分自身が心を閉ざしていたことも原因のひとつだが、同級生たちは皆、とにかく成績を落とさないことに必死だったからだ。

あの頃は、これから永遠に孤独と競争の中に身を置くことになるのだろうかと、絶望すら感じた。

そして、そんな中での祖母の死は、ある意味、退屈で希望のない自分の人生に諦めがついた瞬間でもあった。

あの頃の自分は、誰かにイングリッシュガーデンのことを熱弁したり、ましてやライの家に招待したりする未来がやってくるなんて、夢にも思っていない。

改めて考えると、それが叶った今がとても不思議だった。

やがて車はライを通過し、ノーシャムに差し掛かる。

そのまま長閑な道を進んでいると、間もなく目線の先に、煙突のついた赤茶色の屋根が見えはじめた。

「ミオ、着いたよ。まずは庭を散策しながら、屋敷の方に向かおうか」

「はい！　是非！」

タカムラが車を止めるやいなや、澪は待ちきれないとばかりにドアを開ける。

瞬間、澪より先にマメが車を飛び出し、澪はそれを追うようにエントランスの方へ走って行った。

「……まるで子供だな」

続けて車を降りた次郎が、やれやれといった様子でそう呟く。

その表情には、わずかに疲れが滲んでいるように見えた。

それも無理はなく、今回の調査の間、次郎はリアムが知る限りほとんど寝ていない。

澪やリアムが寝ている間にも、次郎は調べ物や準備などに勤しんでいたからだ。

「ジロー、疲れているだろうし、よかったら車で寝て待ってるかい？　この辺りの治安は悪くないし、タカムラもいるから気を抜いても平気だよ」

一応そう提案してみたものの、次郎はあっさりと首を横に振った。

「いや、いい。この程度は慣れてる」

「なにも、こんなところで無理しなくても……」

「いや、あいつの気分に水を差したくないからな」

〝あいつ〟が誰を指すのかは、わざわざ聞くまでもない。

おそらく次郎は、調査を終えてようやく心からはしゃいでいる澪を、ここではなにも考えず楽しませてやろうと考えているのだろう。

意外と気遣い屋な面に驚きつつも、リアムは頷き返した。

「そっか。……無理はしないでね」

やがて、エントランスの前で待つ澪たちに追いつくと、ようやく敷地の中へ入る。

もはや想像通りと言うべきか、まず最初に広がったメドウガーデンで、澪はキラキラと目を輝かせた。

「すごい！　広い！　綺麗……！」

「気に入ったみたいだね。奥にもいろんなテーマのガーデンがあるから、存分に堪能して」

「はい……！」

澪は頷き、同じく興奮した様子のマメを追いながら、どんどん先へと進んでいく。

間もなくクリストファー・ロイドの屋敷に突き当たったけれど、澪は有名なガーデナーよりも植物に夢中なようで、そこからさらに奥に見える、生垣で囲われたエリアへと迷いなく向かっていった。

リアムは、後からゆっくりと続く次郎たちにあとで合流しようと声をかけ、引き続き澪の後を追う。

すると、澪は生垣のエリアに入り、トピアリーと呼ばれる動物を象った植木の間を通り抜け、幾何学模様に配置された石畳のテラスでようやく足を止めた。

「ミオ」

声をかけると、澪はどこか夢見心地な表情で、ゆっくり振り返る。

「まるで、『不思議の国のアリス』の世界みたいです……」

子供のような感想が可愛らしく、リアムは思わず笑った。

「このエリアは、ピーコックガーデンっていう名前が付いてるんだよ。さっきミオが通り過ぎた、孔雀を模したトピアリーが名前の由来なんだ」

「あれって孔雀だったんですね。可愛いなって思ってました」

「元々は、いろんな鳥の種類のトピアリーがあったみたいだよ」

「それも見たかったなぁ……。可愛くて幻想的で、なんだかぼーっとしちゃう」

澪がいかに満足しているかは、表情と口調から十分に伝わってきた。

連れて来られてよかったと、リアムは心底思う。

そのとき、澪がふと、なにかを思い出したようにリアムを見上げた。

「そういえば、リアムのライの家にも、素敵なお庭があるんですよね？」

「一応ね。この後に見せるのはちょっと躊躇うくらい小さな庭だけど」

「ちなみに、オークの木はまだありますか？　私、リアムからタッチウッドの話を聞いて以来、ずっと触れてみたいと思っていて」

タッチウッドという言葉を聞いた途端、リアムの脳裏に、懐かしい庭の風景と祖母の姿が過った。

タッチウッドとは、リアムがまだ幼い頃に祖母が教えてくれた、いわゆるおまじないの一種。

木などの自然なものには精霊が宿っていて、不安なときに触れると守ってくれるという言い伝えがあり、幼い頃のリアムは、それをずっと心の拠り所にしていた。

澪に話したことはもちろん記憶にあるが、オークのことまで覚えていてくれたとは思わず、リアムは驚く。

「オークなら庭にあるよ。なにせ、寿命が千年を超えるらしいから」

「千年も！　なら、私の念願が叶いますね。リアムも一緒にやりましょうよ、タッチウッド！」

「いいね。……ちなみに、ミオにはなにか不安なことがあるの？」

「いえ、そういうわけじゃないんですけど、せっかく実物のオークに触れられるなら、やってみたいなって。リアムは？」

「僕は——」

つい言葉に詰まってしまった原因は、明確にあった。

結局ずっと言えないでいる、澪への頼みごとが頭を過ったからだ。

そんなリアムを見て、澪は不思議そうに首をかしげる。

「リアム？　どうしました？」

「……いや」

「もしかして、深刻な悩みでも……」

「ううん、そうじゃないんだ、……けど」

「けど……？」

「実はその……、君に、ひとつ、……頼みたいことが、あって……」

「いいですよ、なんでもやります」

「……え？」

あまりの即答に、一瞬、頭が真っ白になった。

一方、澪はこてんと首をかしげる。

「どうしました……？」

「どうしましたって、僕、まだなにも言ってないんだけど」

「はい。なにも聞いてないですけど、リアムの頼みなら」

「……ミオ、僕にはミオを散々困らせてきた自覚があるんだけど、そんなに信用しちゃっていいの？」

「そうでしたっけ。……まあ、だとしても大丈夫です。それに、第六にではなく、あえて私に頼むって時点で、お願いの内容は大体察しましたし」

「……なんだと思うの？」

「ただの予想ですけど、ライの家にリアムのおばあちゃんの残留思念が残っていないか、知りたいんじゃないかな、って」

「…………」

「違いました？」

「……まいったな」

あっさりと正解を当てられ、リアムはただただ驚いていた。

頼みとは、まさに、澪が口にした通り。

というのは、リアムは祖母の最期に立ち会えなかったことを、亡くなってずいぶん経った今もずっと悔やんでいた。

我が子のように可愛がってもらったのに手すら握ってやれず、祖母がどれだけ寂しかったかを考えると、眠れなくなってしまうくらいに。

そんな中、日本で偶然出会ったのが、残留思念が視える特殊な体質を持つ澪。

リアムはその事実を知ったとき、澪になら、祖母の思いを知ることができるのではないかと、すぐに思いついた。

とはいえ、当時は澪をイギリスに呼ぶなんて現実的ではなく、交渉しようという考えすら浮かばなかった。

しかし、そんな折、リアムのもとに突如舞い込んできたのが、サイラスからの今回の相談。

しかも、駄目もとで第六に相談してみようかと迷っていたときに、ちょうど澪が長期休暇にイギリス旅行を検討しているという事実を知り、これはチャンスだと、なかば勢いで依頼の話を持ちかけていた。

結果、こうして渡英が叶い、ついに頼みやすい条件が揃った。——ものの。

澪の観光に付き合ったことをはじめ、すべては個人的な要望を叶えるためだったのかと思われてしまうのが怖くて、楽しんでいる澪の様子を見るたび、日に日に言い出し辛くなってしまっていた。

　こんなことなら、出発前にあらかじめ話しておけばよかったと悔やみながら、リアムは頭に言い訳を浮かべる。

「ミオ……、一応これだけは言わせてほしいんだけど、僕はその……、君の力を利用するために親切にしていたわけじゃなくて……。そもそも、ライに寄れるかどうかも、依頼が早く終わるかどうかにかかっていたし……」

「利用……？」

「いや、そう思われても仕方がないんだけど、その……」

「あの、リアム」

「ごめん、わけわかんないよね。ずっと伝え方を考えていたんだけど、しっくりくる言葉が全然浮かばなくて。とにかく、僕は……」

「っていうか、そんなややこしいこと考えてたんですか？」

　ふいに言葉を遮られて視線を上げると、ポカンとした表情の澪と目が合う。

「え……？」

　戸惑うリアムに、澪は可笑しそうに笑った。

「さすがに考えすぎです。そもそも私、別に利用されてもいいですもん。リアムの策だろうがなんだろうが、ライに行って、庭のオークでタッチウッドして、偶然リアムのおばあちゃんの残留思念を感じて、……結果、いい思い出になりそうですし」

「だ、だけど、……こういう裏があったのかってガッカリしないの？」

「別に、裏って言う程のことでも」

あっけらかんと笑う澪を見ながら、どうやら杞憂だったらしいと、リアムは胸を撫で下ろした。

同時に、そういえば澪とはこういう人間だったと、今さらながら納得していた。

「……なんだか、周りの人間がやたらと君に構いたくなる理由がよくわかるよ」

ひとり言のように呟くと、澪は足元のマメを抱え上げながら首をかしげる。

「……なにか言いました？」

「いや、なんでもないよ」

「なら、そろそろ行きましょうよ。リアムのおばあちゃんに会いに」

「そうだね。……そうしようかな」

「楽しみです！　私はオークにも、リアムのおばあちゃんにも、会いたかったから」

その明るい口調のせいか、リアムはふと、祖母が今も生きているような錯覚を覚える。

――瞬間、どこからともなく、瑞々しい花の香りが鼻を掠めた。

それは、祖母が毎年庭に咲かせていたエルダーフラワーの香りであり、とても懐かしく、少しだけ寂しさを煽った。

ライの家に着いたのは、十四時前。

大袈裟（おおげさ）な出迎えは必要ないと伝えていたにも拘（かかわ）らず、到着するやいなや使用人たちが玄関前にずらりと並び、澪はわかりやすく緊張していた。

「ごめんね。こういうのは要らないって言っておいたんだけど、上手（うま）く伝わってなかったみたいで」

「い、いえ、アニメでしか見たことないから、慣れないだけです……」

澪は使用人たちにすっかり恐縮した様子で、後に続く晃に笑われながら、オドオドと玄関の中に入る。

しかし、玄関ホールに足を踏み入れた瞬間、壁や床や家具にいたるまで無垢（むく）の木で仕立てた内装を見て、途端に目を輝かせた。

「わあ、素敵……！　ログハウスみたいですね！」

「そう言ってくれると思ってたよ。木を基調としてるのは、祖母のこだわりなんだ」

「あったかい雰囲気で、すごく落ち着きます……」

「僕も気に入ってる。さあ、先に、皆に使ってもらう部屋に案内するね」

「はい！」

いつも通りの笑顔が戻った澪にほっとしながら、リアムは三人を二階へと案内する。

階段を上ると、昔は毎日聞いていた木の軋（きし）む音が小さく響き、なんだか、「おかえり」と言われているような気持ちになった。

そんな中、晃がふと、いたずらっぽい笑みを浮かべる。

「そーいや、リアムって子供の頃はここで育ったんでしょ？　リアムの部屋って、そのまま残ってたりしないの？　めちゃくちゃ見たいんだけど！」

その言葉で、リアムは思わず足を止めた。

「こ、晃くん……、急に失礼だよ……」

「え、だって、実家って言えば、部屋で卒アル見るのが定番じゃん」

二人の会話を聞きながら、ふいにリアムの頭を過っていたのは遠い昔のこと。

リアムには、自分の部屋に関して、あまり思い出したくない、トラウマとも言える記憶があった。

「……リアム？」

急に黙り込んだリアムを心配したのだろう、澪が顔を覗き込む。

リアムは慌てて首を振り、なんとか笑みを繕った。

「いや、……実は、僕の部屋はもうないんだ。いろいろ修繕したり祖母の持ち物の整理をしたりしているうちに、物置になっちゃって」

「物置に？　こんなに大きい家なのに、わざわざ自分が使ってた部屋を？」

「まあ、……一階の、ちょうど使いやすい場所にあったからね」

「へー。残念」

晃はさほど気にしていない様子だったけれど、そのときのリアムは、収まらない動悸を隠すことで精一杯だった。

なんとか気取られないようにと、リアムは皆を急いで二階の部屋に通すと、後で家の中を案内すると言い残してふたたび階段を下りる。

そして、玄関ホールを抜けリビングに入り、祖母が気に入っていた木の椅子にぐったりと腰掛け、天井を見上げた。

「……嫌な記憶に限って、頭にしぶとく居座るんだよなぁ」

ひとり言が、ぽつりと響く。

思えば、この家ではいいこともたくさんあったけれど、同じくらい辛いこともあった。

ただ、この懐かしい空気に包まれていると、次第に祖母が話を聞いてくれているような錯覚に陥り、リアムはゆっくりと目を閉じる。

そして、図らずも胸に溢れてしまった嫌な記憶をふたたび仕舞い込むべく、ゆっくりと昔の記憶に思いを馳せた。

*

セカンダリースクールを卒業後、父から強引に呼び戻されたロンドンでシックスフォームに進学したリアムは、少しでも自由を得るため寮に入った。

しかし、自由どころか、リアムは、世話係という名目の監視役を付けられ、ほとんどの時間を世話係と一緒に過ごすことになった。

もちろん最初は断固拒否したけれど、そもそもセレブの多いその学校では、本来何人かの生徒でシェアする部屋に数人の世話係と暮らしている生徒も普通に存在する上、学校側からもセキュリティ的な観点でと説得をされてしまい、結局要望は通らなかった。

そんな生活はひたすら息苦しく、世話係が一緒だと思うと外出する気も起きず、結果、リアムがほとんどの時間を費やしたのは、学校の勉強。

もともと勉強が嫌いではなかったこともあって、リアムは常に、父親が指定した大学を目指すには十分過ぎる成績をキープしていた。

お陰で、父親はずいぶんご満悦だった。

父を喜ばせたところでどうということもなかったけれど、そんな折、リアムがふと思い立ったのは、成績を取引材料とした、父への交渉。

「――お父さん、週末だけは、毎週ライで過ごしたいんだけど」

思えば、そのときのリアムは、これだけ学業を頑張っているのだから文句はないだろうと、高を括って（くく）いた。

しかし。

「お前には、いずれウェズリー家の名に相応（ふさわ）しい経営者となってもらわなければならない。成績に心配がないのなら、週末は私の助手を務め、経営を学んでもらう」

電話越しに返されたのは、絶望的な言葉。

その瞬間、リアムは、全身の体温がスッと下がっていくような感覚を覚えた。

「待ってよ……。どうして僕の将来をお父さんが決めるの」

「質問の意味がわからん。話は終わりだ」

一方的に通話を切られた後、リアムは携帯を手にしばらく放心した。

やがて、ふつふつと込み上げてきたのは、こんな横暴なことが許されるのだろうかという激しい憤り。

いっそなにもかも捨てて逃げ出してしまいたいような衝動すら覚えたが、そうすることで明るい未来が描ける程に幼くも世間知らずでもなく、リアムには、湧き上がる感情をひたすら吞み込むことしかできなかった。

しかし、それ以降も日に日に募るのは、祖母への恋しさ。

もちろん電話で話すことはできたけれど、ただでさえ高齢の祖母が少しずつ元気を失っている気がして、通話を終えるといつも余計に寂しくなった。

気落ちするリアムを見かねてか、それまでまともに会話を交わしたことのなかった世話係が、「無事大学に入りさえすれば、少しは自由になります」と、「二人のお兄様たちもそうでした」と教えてくれ、リアムはそのわずかな希望を胸に必死に勉強をし、休みの日は父の助手をするという多忙な生活を続けた。

ただ、ひたすら知識を詰め込み続ける日々に、心身ともに疲弊する一方だった。

ライで過ごしていた頃のリアルな夢を見るようになったのも、その頃から。

中でも一番よく見たのは、休日のなにげない風景だった。

たとえば、まだリアムが少年だった頃、前日に準備した釣り道具を持って自転車にまたがると、祖母がサンドイッチの入ったバスケットを手渡し「いってらっしゃい」と手を振ってくれる、ごく短い一幕。

当時は当たり前だった普通の日常だが、ライから離れてみて改めて思い返せば、自転車を漕ぎながら鼻を掠めるサンドイッチの香りこそ幸せな日々の象徴だったと、恋しく思えてならなかった。

出かけるたびに祖母が口にしていた、「忘れ物はない？」「車に気をつけて」「暗くなる前に帰ってきてね」という心配の言葉も、昔は少しだけ煩わしく思っていたけれど、今となっては懐かしさに胸が詰まる。

そんな、たわいのない記憶を夢の中で引っ張り出しながら、リアムは、自分が重度のホームシックに罹っていることを自覚していた。

ついに限界を迎えたのは、ロンドンへ来て一年が経過した頃。

突如、電池が切れたようにすべての気力を失い、週末に約束していた仕事の手伝いを何度もすっぽかした結果、ついに、父が直々に寮に顔を出した。

「――そうやって反抗すれば、甘やかしてもらえると思っているのか？」

顔を合わせるやいなや父がリアムに放ったのは、あまりに冷たいひと言。

ただ、昔から父に対して愛情を期待したことのないリアムにとって、それくらいはなんの傷にもならなかった。――しかし。

「いい加減、腹を括れ。ライにはもう、お前の居場所はない」

その言葉で、心臓がドクンと嫌な音を鳴らした。

「……どういう、意味？」

嫌な予感が込み上げ、声が震える。

かたや、父はさもなんでもないことのように、続きを口にした。

「あの家に、もうお前の部屋はなくなった。これ以上女々しくライを恋しがらないために、昨日すべて片付けさせ、残っていた私物もすべて処分したからな」

父の言葉の意味を理解するまで、長い時間が必要だった。

リアムはしばらく放心した後、やがて、生まれてこのかた感じたことのない怒りがふつふつと湧き上がってくるような感覚を覚えた。

「お父さん、……あなた、には」

「なんだ」

「人の心が、ないの？」

「……なんだと？」

わかりやすく不快感を露わにした父を見ても、なにも感じなかった。

青ざめていたのは、父の秘書と、リアムの世話係。

秘書が慌てて父を宥める中、世話係はリアムを無理やり部屋から連れ出し、中庭に出ると、頭を抱えて溜め息をついた。

「リアム様、お父様になんてことを」

「別に、本当のことを言っただけだ。むしろ、言い足りないくらいだよ。これで怒られようが勘当されようが、悔いはない」

「……リアム様」

「君たちは、所詮父の言いなりだろ。悪いけど、そんな奴らになにを言われても僕には響かないよ。……今くらいは、放っておいてほしい」

きつい言い方だとわかっていたけれど、止められなかった。

しかし、世話係はその場を離れず、リアムの両肩を掴みまっすぐに目を合わせる。そして。

「私はどう思われても構いませんが、これだけは聞いてください。あなたが怒ることで、もっとも悲しまれるのはお祖母様ではないでしょうか」

これまでになく真剣な表情で、そう口にした。

「は？……君は、なにを言ってるの」

「お父様の手段は確かに強引です。……しかし、お祖母様はそれを止められなかったことや、リアム様の大切な居場所を守れなかったことで、ご自分を責めてらっしゃいます。ですから、今は無理にでも大人を演じてお父様に従い、お祖母様には大丈夫だと言って差し上げるべきでは」

「つまり、……自分に嘘をつけって？」

「嘘ではなく、虚勢を張るのです。今は苦しくとも、人生経験を積むうちに、いずれは張った虚勢に心が追いつきます。そうなれば、居場所はいくらでも取り返せます」

「……よく、わからない」

「嘆くばかりではなく、たとえ不要であろうが与えられたものを利用し、賢く生きるべきだと私は言っているのです。そうでないと、あなたのように純粋な方は、この先何度も傷つき、打ちのめされ、──いつか、壊れます」

正直、腹が立った。世話係なんかに、いったいなにがわかるのだと。

思えば、ウェズリー家や父に仕える人間になど興味を持ったことはなく、四六時中付き纏ってくるこの世話係の男のことも、まともに名前を呼んだことすらなかった。

元より心を開く気などいっさいなく、希薄な関係でよかったからだ。──けれど。

そのとき世話係から向けられた言葉には、悔しくも、怒りをはるかに上回る説得力があった。

「……虚勢、か」

「ええ。……お父様のもとへ戻りましょう、リアム様。そして、謝るのです。もちろん本心である必要はありません」

「本心じゃなくていいなんて……、君さ、そんな助言をしたなんてバレたら、即クビだよ」

「そうかもしれません。しかし、今の私はお父様にではなく、リアム様にお仕えしていますので」

「…………」

「リアム様、どうか」

「……もう、わかったよ」

「ありがとうございます」

渋々頷(うなず)くと、世話係は心からほっとしたように微笑む。

思い返せば、父の周囲の人間からこんなふうに意見を言われたことは一度もなく、なんだか不思議な気持ちだった。

「……あのさ」

「はい」

「今さらだけど、……君の名前は？」

「ケンゴ・タカムラです」

「ケンゴ……？　日本人？」

「日系イギリス人ですので、日本名です。リアム様にお仕えする前までは、お兄様たちの運転手をしておりました」

「……お仕えっていうか、監視でしょ」

「どこに真実があるかは、これからご自分の目で見極めてください。ちなみに、私は虚勢を張りすぎて、本来の自分をとうに見失っていますが」

「……面白いね」

ロンドンに来て以来、誰かに心を許したのは初めてだった。

そして、もしこの出会いがなかったなら、――半年後に訪れる祖母の死をいつまでも乗り越えられなかっただろうと、リアムは確信している。

死に目に会えず絶望したあの日、庭で悲しみに暮れるリアムに付き添い、変に慰めることなくさりげなく庭のエルダーフラワーを褒めてくれたケンゴの前で、リアムは子供のように泣いた。

お陰で、世界で一番大切な人を失った喪失感が、ほんの少し、癒された気がした。

＊

「――リアム」

いつの間にか眠っていたらしいと気付いたのは、澪から名を呼ばれて慌てて目を開けた瞬間のこと。

慌てて時計を見ると、澪たちを部屋に案内してから三十分程が経過しており、自分で招いておきながら早速放置してしまったことに焦りを覚えた。

「ご、ごめんミオ……！　うたた寝するなんて、どうかしてるな……」

「謝る必要ないですよ。お疲れのはずですし、こんな居心地がいい場所なら尚更（なおさら）です」

「だけど……」

「大丈夫。次郎さんたちのお部屋を覗いたら、二人とも寝てましたし」

「え？……あの頑なに寝ないジローが？……嘘でしょ？」

「それが、最近の次郎さんは、たまに寝落ちするんですよ。ほんの少し、人前でも気を抜けるようになったみたいで。もちろん安心できる場所だってわかってるからだと思いますけど」

嬉しそうに微笑む澪を見て、込み上げた焦りがスッと収まる。

リアムはひとまず姿勢を正し、乱れたシャツの襟を直した。――そのとき。

「ところで、リアム」

澪が妙に畏まった様子で、リアムを見つめる。

「うん……？　どうした？」

なにごとかと首を傾げると、澪は言葉を選んでいるかのように瞳を揺らし、ゆっくりと口を開いた。

「……実は、行ってみたいところが」

「え？……ああ、庭のオークでしょう？　今から案内するよ」

「い、いえ、オークの前に、……正直確信は持てないんですけど、その、誘われたというか……」

「誘われた？……誰に？」

「えっと……、ぬか喜びになったら申し訳ないので、今は秘密にしていいですか？」

「秘密……？」

「お願いします。……人の家にお邪魔して意味わかんないこと言って本当に申し訳ないんですけど、なにも聞かず、少しだけ付き合っていただけると」

澪がなにを考えているのか、リアムにはわからなかった。

しかし、そのときのリアムの心の中には、なんだか予感めいたものが生まれていた。

「……どこ？」

澪の希望通りなにも聞かずに立ち上がると、澪はほっとした様子で、リビングの奥の戸を指差す。

その瞬間、リアムの心臓がドクンと大きく鳴った。

なぜなら、その戸の奥はかつてのリアムの自室であり、父親に取り上げられて物置になってしまった、辛い思い出のある場所だったからだ。

「……ミオ、あの部屋は、その……」

「なんとなくわかります。だから、説明は大丈夫です」

「え……？」

口ごもるリアムに、澪は首を横に振ってみせる。そして。

「一緒に、行ってもらえませんか？」

そう言って手を取り、そっと引き寄せた。

その手から伝わる体温が妙に優しく、リアムは不思議な心地で澪の後に続く。

そして、ずいぶん久しぶりに触れるドアノブを回すと、聞き馴染みのある小気味良い音が響き、かすかに埃の匂いがした。

照明を点けると、目の前に広がったのは、古い家具や荷物が雑然と並ぶ光景。

もはや、自分が部屋として使っていた頃の面影は皆無だった。――しかし。

「リアム、あそこの上って、開けられますか？」

澪はまるで部屋の構造を知っているかのように迷いなく奥へ進むと、クローゼットの中の天井を指差す。

見れば、配管スペースのある天井裏に続く、小さな入口があった。

「脚立があれば開けられるけど……、ミオがどうしてあんな場所を知ってるの？」

「それはその……、教えてもらったというか」

「教えてもらった……？」

もはや、予感は確信に変わりはじめていた。

澪は、――祖母の、残留思念に会ったのではないかと。

しかし、ずいぶん自信なげなところを見ると、その存在自体がよほど曖昧だったのだろう。

そう考えると、ぬか喜びさせないようにというさっきの前置きにも納得がいった。

リアムはそれ以上なにも聞かず、部屋の中から脚立を探し出し、クローゼットの中に立てる。

そして天井裏への入口を開け、真っ暗な中を携帯の照明で照らした。――瞬間。

手が届く位置に、なんだか見覚えのある大きな箱が目に入った。

「これは……」

おそるおそる手にとってみると、ずっしりと重い。

リアムはひとまずそれを両手で抱え、慎重に脚立を下りた。

「なにか見つかったんですね！」

すでに確信を持っていたのだろう、澪が嬉しそうに箱を覗き込む。

「見つかったっていうか……、なんだか見覚えがあったから、見てみようと思って」

リアムはひとまず箱を床に下ろし、表面の埃をざっと払う。すると、蓋の真ん中あたりに、『TREASURE』という手書きの文字が現れた。

「トレジャー？　宝物ですか？」

「え……、これ……」

それを目にした途端にリアムの脳裏に蘇ってきたのは、遠い昔の記憶。

子供の頃、毎日外で遊びまわっていたリアムは、川で見つけた綺麗な石や、釣りで使うお気に入りのルアーや、お菓子に付いていたおもちゃなど、気に入ったものを片っ端からこの箱に詰めていた。

「どうしてこれが、屋根裏なんかに……」

なかば無意識に呟くと、澪は少しほっとしたように笑う。

「やっぱりリアムの私物だったんですね。じゃあ、あの人はやっぱりリアムのおばあちゃんだったんだ……」

ある程度予感していたとはいえ、その言葉には驚きを隠せなかった。

「ミ、ミオ、君……」

「すみません、黙ってて」

「い、いや……、薄々そうじゃないかとは思っていたけど、……本当に会ったの……？僕の、祖母に……？」

「会ったというより、うとうとしていたら夢の中に現れたんです。最初は誰だかわからなかったし、言葉が通じないので混乱したんですけど、……優しそうだったから、多分そうかなって」

「………」

「その後、夢の中で私の手を引いて、この部屋に案内してくれたんです。……それで、天井裏を見てほしいって言われて」

ふいに、胸がぎゅっと締め付けられた。

リアムはおそるおそる箱の蓋に手をかけ、ゆっくりと開ける。

すると、中には記憶の通り石やルアーが入っていて、その他にも、当時リアムが持ち歩いていた折りたたみ式の釣竿や、日本のアニメのDVDなど、自分で入れた覚えのない比較的成長してからの愛用品も詰め込まれていた。

「こんなの、入れたっけな……」

「おばあちゃんが入れてくれたんじゃないですか？」

「え……？」

「リアムの大切なものだって知ってたから、捨てられないよう守るために」

「捨てられないようって、……ミオがどうしてそんなこと……」

「それで、隠し場所を教えてあげなきゃって、ずっと気にしていたのかも」

父親とのことは話していないというのに、まるですべてを知っているかのような口ぶりに、リアムは驚く。

「どうしてわかるの……？　会話、してないんでしょう……？」

不思議に思って尋ねたものの、澪は曖昧に首をかしげた。

「正直、自分でもよくわからないんですけど、……なんとなく、夢から覚めたときにそう思ったんです。それに、おばあちゃんから、ようやく渡せるっていう安堵感みたいなものを感じましたし」

「安堵感……」

「まるで、『あの子はこれがないと駄目なのよ』って言ってるみたいな」

たちまち涙腺が緩み、視界が滲む。

箱の中身は今のリアムにとって到底必要のないものばかりなのに、ずっと気に留めてくれていた祖母の思いを想像すると、たまらない気持ちになった。

「……祖母がこれを守ってくれたっていうのは、きっと当たってる」

「え……？」

「昔、父が強引に僕の物を全部捨てちゃったから、……祖母が、咄嗟に隠してくれたんじゃないかって。僕はロンドンに行って以来一度も顔を見せず、死に目にも会えなかったから、……今の今まで、知らなかったけど」

「リアム……」

語尾が震え、澪が心配そうに瞳を揺らす。

しかし、背中をそっと撫でる温かい手が感情を煽り、リアムは涙を堪えるのを諦め、その場に座り込んで顔を伏せた。

澪はそんなリアムにずいぶん長い時間黙って寄り添い、――しかし突如、なにかを思い出したようにぽつりと口を開く。

「そうだ……、多分、リアムへの伝言だと思うんですけど……、おばあちゃんが、最後にたったひと言だけ口にしていて」

「僕に……？」

「はい。私の夢の中で、この宝箱の在処を指差しながら、『Have fun』って」

たちまち昔の記憶が鮮明に呼び覚まされ、一度落ち着いたはずの涙がふたたび溢れた。

「ミオ、……それは、僕が……」

涙で途切れた声に、澪は静かに相槌を打つ。

まるで、祖母と話していたときのような安心感があった。

「僕が、遊びに出かけるときに、……祖母が、必ずかけてくれた言葉なんだ」

「そうでしたか……。『楽しんでね』っていう意味ですか？」

「日本語で言うなら、……『いってらっしゃい』、かな」

「いってらっしゃい、かぁ。……なんだか、すごく幸せな光景が浮かびました」

「幸せだったよ、……本当に」

リアムが笑うと、澪も穏やかに笑う。

子供扱いされているようで恥ずかしかったけれど、心のずっと奥の方では、こんな醜態を誰かに晒したのはタカムラのとき以来かもしれないと、妙に冷静に思い出している自分がいた。

やがて、リアムの心に長年燻り続けていたものが、少しずつ消えていく感覚を覚える。

なにより、祖母がくれた伝言には、まるで背中をしっかりと支えられているかのような心強さがあった。

「ミオ、……ありがとう」

「私は、ただうたた寝してただけですから」

「ううん、本当に感謝してる。……なにか、お礼がしたいんだけど」

「お礼なんて……あ！　じゃあ明日、リアムの思い出の場所に連れて行ってください！」

「そんなことでいいの？　じゃあ……、釣りでもする？　アップルクランブルと、祖母直伝のサンドイッチを持って」

「最高じゃないですか！」

パッと明るくなった澪の表情を見ながら、こんなに穏やかな気持ちで祖母のことを語ったのはいつ以来だろうと、密かに思い返す。

もっと言えば、宝物の箱を開けてからというもの、とても懐かしく温かい気配にすっぽりと包まれているかのような、不思議な心地がしていた。

ただの都合のよい妄想だと、わかっていながら。

――ちなみに。

「ミオ、昨日はずっと背中を撫でてくれてありがとう。子供みたいに泣いちゃって本当に情けないんだけど、お陰ですごく癒されたよ」

「背中を？　私、そんなことしましたっけ……」

「え……？」

おまけのような幸せな謎が浮上するのは、翌日の話。

本書は書き下ろしです。
この作品はフィクションです。実在の人物、団体等とは一切関係ありません。

丸の内で就職したら、幽霊物件担当でした。15

竹村優希

令和6年 1月25日　初版発行

発行者●山下直久

発行●株式会社KADOKAWA
〒102-8177　東京都千代田区富士見2-13-3
電話　0570-002-301（ナビダイヤル）

角川文庫 23994

印刷所●株式会社暁印刷
製本所●本間製本株式会社

表紙画●和田三造

ISBN 978-4-04-114409-1　C0193

◇◇◇